繪圖：kim min

繪圖・kim minji

Gaea

Gaea

阿米巴系列
天航 KIM ——著
kim minji ——插畫
披上狼皮的
羊咩咩
The Sheep
in Wolf's Clothing

披上狼皮的羊咩咩

目錄

我不敢去愛人，因爲欠缺一顆紅草莓心。
我的心，在冰箱内冷藏著。
我在寂寞裡等候，因爲有約定要遵守——

楔子

雪是天空的花。

轉瞬間就會消失的白棉花。

在一望無際的冰天雪地之中，再耀目刺眼的陽光也會失去溫度。

攝氏零下十五度。

路上只有一個男人。

他的膝蓋以上都深藏在灰色外套之中，縱然全身衣服的厚度不足以禦寒，這人卻絲毫沒有哆嗦，就像血管內流著的是冰冷的液體。

他是個人，但他看來卻比一匹狼更孤獨。

以前買衣服的時候，他覺得外衣的後帽很累贅。直到現在，孤身在漫天風雪中向前行走，才知道兜帽的確有用，幫他擋去不少擾人的雪花。有個酷愛滑雪的朋友早就提醒過他，體溫大多經由頭頂散失，不想凍死就一定要戴帽子。

雪粒打在臉上也很疼的。

繼續往前，一步一步地和風拉鋸。

小時候，他不明白在銀幕上看到的雪明明是一粒粒的，爲什麼掛上聖誕樹的吊飾要畫成六角形？

當雪粒落在他的眼鏡上，他終於看清楚了，一顆顆雪粒原來眞的綻開呈六角形花朵，猶如天然飾物。

據說雪是由冰晶黏成的結晶體，沒有兩片雪花是完全相同的，但基本形態一定是六角形晶體對稱結構。

——眞像個浪漫的故事。

他邊走邊想。

「暴風雪警報現正生效，請駕駛人小心……」

剛才搭乘計程車的時候，一再聽到當地的中文電台播出這樣的警報，窗外全然是白雪濛濛的世界。積雪的大道上，前車輾過的輪胎痕是兩道如此狹小的軌跡，不免令人提心吊膽。

他一直盯著嵌在車窗上的衛星導航機，知道只剩下兩公里路程，便對司機說：

「麻煩你，我想在這裡下車。」

「這裡？還沒到啊？」

「我想一個人走走。」

他給了相當於一半車資的小費，司機連滿臉堆笑也來不及，心中自然沒有罵他是個神經病的怪胎。

如此，他在一片嚴寒的雪地下車，仰頭望向漫天飄雪。

天空下著雪，森林在冬眠，原野失去了樂韻。

狼，蹣跚而孤獨，炭黨般的天色令牠迷路。

踏著踉蹌的步履，死神來臨了嗎？

他用舌頭品嚐雪的味道。

密密麻麻的回憶如雪片般飛來，憶起那些如珍珠般碎掉的歲月片段、思緒中那些一去不返的日子，又勾起那沉澱在心海裡的哀痛，她的手慢慢從自己的手心中掙脫；在一剎那間，溫暖的斗室中，兩人面對面坐著，吃著那些難以下嚥的菜……

自從經過那次意外，整隻左掌已變得很不靈活，但他也不能埋怨太多了，主治醫師說沒變殘廢已是不幸中的大幸。

他就用這隻手捏著那張寫著地址的卡片。

抵達了。

爲什麼人總是在很久之後才學會珍惜？

另一隻手帶來的，就是用禮盒裝著的婚紗……

彷彿穿越時空，到達地球的另一端，他終於來了。

那是間醫院。

生離死別是上天亂畫鬼腳的結果嗎？又或者，整個天地只是諸神睽睽的大劇院，結局也不過是喜劇和悲劇的差別。

他生命中曾經最重要的女人就躺在裡面。

而她只剩下大約三天的壽命……

狼的自述

「妳需要護花使者的服務嗎？」
她與他的俊臉近在咫尺，看得清那雙深邃的眸子，
那裡的深處就是兩顆明朗的星星，
說是畢生見過最漂亮的眼睛也不為過。

01 狼的PART-TIME

豪雨滂滂地下著，嘩啦嘩啦，千千萬萬串的水造珍珠灑落大地，哭泣般的雨聲就像首痴男怨女的間奏曲。

城市的空氣污染指數一再飆升至歷史新高，在一片腐蝕的天空下，人性萬紫千紅，離離合合瞬息萬變……這城市裡還會有微笑的戀人在雨中漫步嗎？還有沒有人在豪雨中等待遲來的情人？

當愛情隨著歲月而折舊，天荒地老的殘值終有一天等於零。

這是失去眞愛的時代。

蒼天下的是雨，但小孩期待的是巧克力漿，運動員渴望的是運動飲料，而這個撐著傘的女子祈求的是——

CASH，一疊疊的錢。

貪錢的女人叫JOEY，她穿著性感背心，步伐匆匆登上樓梯，走出通道；眼前是座雕像，紀念這所「土成大學」的創辦人，也就是偉大的捐款人。

創辦人雕像的臉上掛著厚厚的鏡框，明顯是個憨直青年，也就是JOEY最不喜歡的類型。

唉，要在這種日子回校，JOEY暗叫倒楣。

唉，誰教她暑假前懶得清理，留了幾本書在儲物櫃。

唉，儲物櫃後面是通風窗口，櫃頂漏水，裡面的東西一定濕得像梅干菜。

要不是校務處職員打電話通知，她才懶得在這種和泥濘水窪扯上關係的壞天氣趕回學校。

JOEY打開儲物櫃，櫃子裡飛出一隻飛蛾，嚇了她一跳。

明明是副嬌小可憐的樣子，她喊了聲「操你X」之後，狠狠地用雨傘打扁飛蛾，眞正可憐的飛蛾一出場就變成亡魂。

JOEY覺得雨傘很髒，隨手就將傘拋出去，竟然恰好拋入垃圾箱裡。

爲什麼會有飛蛾？她相信是某人的惡作劇，暗罵聲「倒楣」之後，就發現儲物櫃裡多了張卡片。

她皺皺眉，拿起那張卡片，卡片正面是個狼頭圖案的章印，背面是句標語：

小心狼啊！

狼要奪走妳的「慌」心。

無聊！根本是莫名其妙。以爲是政府教人防範色狼的宣傳卡，她想也沒想就隨地扔掉。

唉，眞正惱人的是書，儲物櫃裡的東西全部濕透了。

「這是欠圖書館的書……書濕成這樣，不會要我賠錢吧？」

怎麼辦？

JOEY自言自語的同時，邪惡的小惡魔在腦中轉了一圈，就有了最簡單的解決辦法——只要穿件超低胸背心回校，向圖書館的哥哥或叔叔拋個媚眼，給他雙眼吃點「冰淇淋」，就看他會不會無恥得要向她這個美女收罰款？

要是有哪個男人眞的膽敢逼她交罰款，她一定會大喊「非禮」，然後裝出楚楚可憐的樣子，旁人一定一面倒幫她解圍。

JOEY突然想到什麼，呵呵地抿著嘴暗笑。

「眞傻呢！這本書是用同學的圖書證借的，我根本就不必瞎操心！」

結果她將那幾本書放回浸濕的儲物櫃，只取走幾本自己的參考書……其實之前那同學已催促過她還書，但她一句「不見了」，別人也是莫可奈何。

JOEY很少覺得自己有錯，倒是經常覺得自己罪孽深重，這個罪孽就是「過分美麗」。

在同學之間，她有個「十元（港幣）女皇」的綽號。

這個綽號並非浪得虛名：她和男人約會，往往不帶錢包，只需一枚十元硬幣，搭趟車到達目的地，自然就會吃到免費的日本料理或法國大餐，甚至滿載而歸，還有奴隸般的蠢男人幫她提著那些購物袋上樓梯。

對於初相識的男友，即使相隔十萬八千里，她也要男方往返宿舍接送，基本上連十元硬幣也省了……但因為男人始終是男人，隨時就會露出色狼尾巴，搞不好還會爆開上衣變成強姦犯……只要情勢不太對勁，就非得跳上交通工具逃脫不可。

儘管JOEY在校內臭名遠播，據說連已有妻室的教授也慘遭毒手，但世上男人多得是，到了外面的世界，又會遇到無數願意上鉤的男人——她有的是迷人的外貌，簡簡單單問一聲：「我沒有零錢上車，可以借我嗎？」就可以燃起天下各路好漢的熱心，吃他們的、穿他們的。

英雄難過美人關，全部不到半個月就被她吃窮，要知道要吃窮成年人可不是易事，所以那些受害者都懷疑她肚裡是不是有蛔蟲……

她愛那種被男人當成公主的感覺，萬千錢袋在一身。

當那些男人的錢包被她由內而外榨乾，想從她身上討點便宜，她就會千方百計來吊他們的胃口。

在她口中，自己始終是個「從未真正談過戀愛的純潔少女」，即使真正的失身次數已經不勝枚舉。

「妳當老子是白痴啊？妳純潔？那幹嘛穿布料這麼少的衣服，這條短短的迷你裙又是怎麼一回事？」

「奴家守身如玉，先祖有遺訓，男女授受不親……奴家體弱多病，患的是『天生怕熱症』，所以才經常簡衣素布且常吃魚翅……不過，余老父想我嫁給有錢人，只要收到名牌包包那樣的禮物，凡事總有例外……」

大多數男人都被她氣得滿心怒火……

有的眞想揍她，卻沒想到她會隨身攜帶防狼噴劑，結果驚動警察，又在法庭上被她誣害。

「無法給我幸福，每個月連個皮包也買不起」、「逢年過節沒送禮給我」、「討厭人說髒話」、「不喜歡你亂扔垃圾」……這些都是她和男人分手的理由。

大多數男人恨不得立刻和她分手，擺脫這場噩夢，偏偏她就會在這個時候開口索取一大筆「分手感情賠償費」，否則就會告那些男人強姦。

本來，在這樣的雨天，像她這樣的「公主」是要有人接送的，但因爲她最近做得太絕，幾個有車的男友也像見鬼一樣不敢見她。

JOEY來到學校正門，正為沒有傘和好男人而苦惱。

她心想：這樣的雨天，有車接送該多好啊。可是，唉！經濟不景氣，最近男人的素質都很差，要不是窮光蛋，就是不闊綽的王八蛋。

如果附近有傘架，她還可以拿走別人的傘，可惜事與願違，難道眞的要浪費大好青春在這裡等待雨停？

哪有這麼爛的大學！連傘架這麼簡單的設施都沒有！

JOEY在心中大罵髒話，爲門外未曾停歇的雨勢發愁。

就在這個時候——

她望見那個在滂沱大雨中撐著大傘的男子。

有個穿著斯文的傻子在呆呆等待。

就是不知他在等誰。

那人正站在校園中央的雕像前方，露出抑鬱的臉。

看清楚他的樣貌，再和創辦人的雕像一對照，果然像極了！一樣是戴著又大又圓的黑框眼鏡，頭髮中分，百分之百的憨直青年。

出乎JOEY意料的是，他一抬頭望見她，就一小步一小步走過來，一絲不苟地踏在地磚的接縫上。

「妳是JOEY嗎……我沒有認錯人吧？」

他向她搭訕，有點結巴。

JOEY一邊細看對方的面孔，一邊眨動著水晶般的汪汪大眼。

她並不記得對方，但心想對方叫得出自己的名字，應該就是不知在哪裡留下情種的花蜜而招來的蜜蜂。

「嗯，你是……？」

「我們在跨校的聯誼活動見過面，不過我不太說話，妳應該忘了我吧……我剛在附近的商場購物，看見妳匆匆走過，外面正下大雨，就過來看看妳會不會需要我……」

居然找到我的學校來了？JOEY捂了捂嘴，佯裝驚喜，不著痕跡地上上下下打量他一番。

襯衫是名牌，長褲是名牌，連那柄雨傘也是市值千元的奢侈品。

是有錢人啊……

「妳要去哪兒？要我載妳嗎？我有車。」他支支吾吾。

「你有車？什麼車？」

「是……白色的ASTON MARTIN跑車。」

JOEY再仔細觀察男子，也許是金錢和虛榮心的影響，他變得英俊多了，全身彷彿閃閃發光。

她又再次盯著紙袋裡沉甸甸的書，便向他點點頭。

「白色？我最喜歡白色的車了！」

當然還要加上嫵媚的招牌微笑。

JOEY坐在那人的白色跑車裡，飄飄然有種如沐春風的感覺。剛剛她隨他去取車的時候，已刻意裝作爲了避雨，輕輕摟住他的臂膀而行，先讓他嚐點甜頭。雖然她對汽車一竅不通，但就算是只懂捏著鼻涕耍耍玩具車的小孩也看得出，那輛如寶石般發光的跑車一定價值不菲，肯定是一般人買不起的奢侈品。

JOEY細看身旁的斯文貴公子，覺得連他的髮絲也散發著「發財的氣質」。籠罩在他身邊的財氣，令他看起來超帥的。JOEY有種醉醺醺的錯覺，覺得這男人值得自己「投資」，用青春和時間來換他的愛意，然後將兩人的愛昇華爲一張張五顏六色的鈔票。

在車內，兩人對談。

「對了……我還不知道你的名字。」

「我叫阿FLOW。」

「你是醫學系的學生……開這種車回校，應該會迷倒不少女同學吧？」

她覺得他的名字很怪，但這不是重點，她只想知道對方是不是座具開發價值的金礦，便設法摸清他的底細。

「不知道呢。會花大量時間唸書的女人，通常長得都是……我的意思妳明白吧？我平時也不和系上的女同學往來，就算碰到了也會消毒洗手……」

就是因爲內部環境惡劣，他才要發展「外向型姻緣」吧？JOEY是學經濟的，多多少少也懂得一些經濟學理論。

「哎喲……內褲濕掉了。」JOEY突然說。

他的耳朵倏地紅了，忙著調高空調的強度，只懷疑是自己聽錯了。

「別誤會啊！我說的是在宿舍晾著的衣物，都被雨水淋濕了。這種天氣眞惱人，眞的不想回家發霉……」

JOEY嫣然一笑，測試的結論是：既然有那種反應，表示他並不是個熟練的愛情老手。她打定主意：貴公子玩女人是十分尋常的事。反正今天無所事事，就陪他逢場作戲，掙點生活費。

「對了……妳吃午飯了嗎？肯不肯賞臉？」

「好啊！我正巧有點餓！」

這是男人慣用的把妹對白，JOEY早已聽過不下百遍，她也給了對方所渴望的反應。

「這個時間……沒有訂位，只能到普通一點的地方用餐。」

結果他駛入某五星級酒店的停車場。

他很有風度地替她打開車門，果然是紳士學校出身的少爺。

對，這才稱得上男人嘛！

下車時，她抱住他的臂彎，藉口就是：「咦！下車時挽著對方手臂，不是西方禮儀嗎？」

說這句話時，那表情有多可愛就有多可愛，這種誘惑男孩子的伎倆，她熟練至極。

眼前是金碧輝煌的五星級酒店大餐廳，頂級的盛宴場地。

悠閒的下午茶時間，四周坐著的都是有錢人，這些人像是不用工作也會有無窮的財富。

他領著她走向服務生指示的雅座，替她拉開椅子，然後在白色餐檯對面坐下。

JOEY翻著MENU，看著那些連唸也不會唸的頂級佳餚名稱，頓時心花怒放。

「每一樣看起來都很好吃，真的很難下決定呢……」

「這簡單，全都來一客吧。」

她正翻到開胃小菜那一頁，他一本正經說出這樣的話。

「現在是月底，這個月的零用錢又剩太多，有時候眞的不知怎麼辦。」他繞了個圈子暗示自己的經濟實力。

JOEY只是笑咪咪地看著他，沒有阻止對方向服務生點菜，除了眞的對美食心動，也想試一試「每道菜只嚐一口就扔掉」這種令人愉快的事。

接著他在餐桌布下握著她的手。

她借故鬆開手，說要上洗手間。

嘿嘿……她在心裡笑得闔不攏嘴，簡直是樂透了。

洗手間內，JOEY照著鏡子，搽上櫻桃色口紅。待會給他一吻，就像給小狗拴狗環，他會完完全全成爲她的奴隸男友。

這種好男人，不宰他個兩、三百萬實在對不起自己。慢著，我應該先查查他的家世，搞不好能嫁入豪門呢！呵呵！

JOEY露出一副勝券在握的風騷模樣。

在她心中，男人的嘴巴和手腳都是不老實的，唯獨色迷迷的眼睛最老實。那男子只是個老實的呆子，或者只是個情竇初開的白痴（白白爲她痴心一片），現在的他已經掉入糖衣的陷阱，給他一吻，他就成爲手到擒來的棋子。

當她回到座位，才發覺他已佇候在旁，替她拉開椅子。

接著他也說要離席，朝洗手間那邊走去。

JOEY陶醉在自己的幻想中：

我一直不能好好地談戀愛，原來不是自己的問題，而是纏著我身邊的都是爛男人！認識他之後，我不得不這麼說，以前認識的男人別說是幫我拎鞋，根本就連舔我的鞋子都不配！

釣金龜婿一直是她的夢想，爲此她不停濫交男朋友，一切只是爲了提升自己在戀愛方面的戰鬥力。

他這種男人應該會喜歡淑女吧？不可以讓他太容易得到我的……好，「純情模式」啓動！

在她胡思亂想之際，昂貴的紅酒和精緻的開胃菜已送來了。

作爲淑女，她要等他回來才可以舉起刀叉。

第二盤、第三盤、第四碟……轉眼間，桌面已經再也擺不下餐盤……

他還沒回來。

正當JOEY微微感到不妥，女服務生就來了。

「小姐，剛剛有人看見妳掉了手機，拜託我拿過來給妳。咦，人呢？」隨著女服務生目光的方向望去，那裡已沒有任何人。

JOEY檢查一下身後的皮包，發覺拉鍊果然沒拉好。

就在此時，手機鈴聲響了起來。

竟是「阿FLOW」的聲音：

「JOEY呀？菜上了吧？妳先吃吧，不用等我啦。剛剛我才想起，我在停車場忘了繳費，現在要出去一陣子，很快就會回來。眞是十分抱歉……」

「哦……無所謂。」

JOEY嘴裡這麼說，心裡卻在咒罵。

掛斷後，她愣了愣，忽然覺得奇怪：他怎會有她的電話號碼？她不曾向他說過自己的手機號碼啊！而且剛剛的來電顯示——「隱藏號碼」，他把電話號碼隱藏了起來。

JOEY開始覺得害怕。

她的習慣是將皮包貼放椅背，理應無人可以動到她的東西。

難道是……那男子幫她拉椅子的時候，暗暗在她背後做了手腳？

隔了兩分鐘，手機又響起來了。

「JOEY，妳現在可好？」

又是他。他的語調非常輕佻，就像變了另一個人。

「喂！你到底在搞什麼飛機？我已經等很久了！」

「呵！」他乾咳了一聲，「試試將我的英文名倒過來唸，妳就會更了解我。對了，我很喜歡妳這手機，通訊錄裡的『全部刪除』功能非常好用。」

「你……！」

「妳眞是個吸血鬼呢。居然懂得將男人分爲金、銀、銅和貧戶四個群組……我這樣做也算是積德吧，讓一大群苦主從妳的魔掌解放……」

JOEY大吃一驚，急忙切斷通話，翻查通訊錄，果然通通被刪除了。JOEY是典型的現代人，一直依賴手機的電話簿功能，腦子已退化得記不得任何號碼，沒了手機就等於失去儲存多年的「男友資料庫」，以後再也無法聯絡她的「財主」，斷了所有財源。

現在孤立無援，想打電話求救也來不及了。

她對那曾自稱「阿FLOW」的男人恨之入骨。

將FLOW倒轉來唸，就是WOLF，「狼」的意思，原來……他早就處心積慮捉弄她，用狼般的眼睛一直監視著她。當時在儲物櫃裡收到的是他的預告信，預告他的「獵艷行動」。

「烏拉圭王八蛋！」JOEY氣得死去活來，喊了句粗話，恨不得將那個男的碎屍萬段。手機第三度響起來。

「被戲弄的感覺好受嗎？」他是來幸災樂禍的。

「@你這個$%#&！」

JOEY在格調這麼高的餐廳狂罵，立刻引來其他人怪異的目光。

「還不快吃東西的話，待會看到帳單，我怕妳會很心痛……妳知道嗎？有很多情侶假裝吵架，吃完霸王餐就逃，這酒店的人見慣這種事，妳吵得那麼大聲……很容易惹人起疑的……」

「法克！」她實在忍不住，罵出一句髒話。

通話結束。這頓飯沒心情吃了。

這時望望四周，她本來沒什麼異樣，聽了他的一番話，現在也不自覺變得心虛起來。那賤男人挑個遠離出口的座位，根本就是想整死她。

JOEY沒得選擇下，居然眞的打算一走了之。

「抱歉，小姐，妳還沒結帳……」服務生來攔截她。

眞的栽在他手上。

這是國恥等級的侮辱，旁人的目光聚集在她身上，她就像個從垃圾堆中鑽出來、渾身臭味的瘋婆子。她平時出門不帶錢，這次糟糕了……

道高一尺，魔高一丈。

這回棋差一著，並不是因爲她的道行太低，畢竟她玩弄男人的實力已達奧林匹克級的水準。

而是因爲她這次遇到的對手太強，碰上了個宙斯級數的大魔頭、眞正的玩弄愛情專家。

這個自稱「WOLF」的男人離開酒店不久，手上的電話就響了起來，鈴聲是一首叫「YESTERDAY」的樂曲。

來電顯示是「ALBERT KAU」。

「阿聞！你做得太漂亮了！這個臭婆娘正在和酒店的人對罵，看到她這狼狽相，眞是爽斃啦！我正用錄影機偷拍，你要不要我拷貝一份給你留念啊？」

這個打電話來的就是「委託人」，他正坐在先前預訂的位子旁欣賞這齣鬧劇，暗地裡笑不可抑。

「不用了……那女人讓我覺得很噁心。」

「阿聞，我很滿意！錢已匯入你帳戶，謝謝你幫我報了這個大仇啊！」

ALBERT KAU是阿聞的大學同學，由於諧音和身高的緣故，阿聞等人總是喚他「矮伯裘」。

矮伯裘前陣子被那個JOEY勾搭上了，他還以爲是突如其來的艷福。她說自己對他一見鍾情，正如她對櫥窗裡那個萬元名牌皮包的感覺一樣……矮伯裘付出了眞情和金錢，卻連她的小指也沒碰過。他懷疑她，她就哭著說要爲他割腕自殺，然後強逼他買新手機來補償她的心理創傷……

最厲害的是她半個月前向他要生日禮物，半個月後又跟他說那天是她的生日，推著他去名店街挑選禮物……當矮伯裘覺得不妙，她已經將他的信用卡刷爆了。

最後，她給他的分手理由是：「你太矮了，我每次和你肩並肩走路都覺得不舒服。」

……阿聞聽著矮伯裘的哭訴，一直憋笑憋得很辛苦，差點就想說出一些落井下石的話——基於以客爲尊的原則，他當然沒有說出口。矮伯裘可是個大客戶，少了他等於少了很多生意。

這時阿聞結束了和矮伯裘的通話，拿出車鑰匙，發動那輛白色敞篷跑車。

阿聞照了照後照鏡，將中分的頭髮弄散，本來就微鬈的頭髮回復原狀，並摘下黑色膠框眼鏡。手往臉上一抹，竟然連容貌和眼神都變得截然不同，就像中國傳統的「變臉」戲法。變了變，鏡中的他是那麼英俊不凡。

他的瞳孔像口灰色的井，深邃而憂傷。眼裡藏著一顆孤獨的靈魂。

王宇聞，專業的愛情騙子。

懲戒不知廉恥的壞女人，是他的天職和任務，就如上天賦與蒙面超人變身的能力，上天也賦與他優厚的條件——外貌、身形、機智……還有說甜言蜜語的口才。

替人解決愛情問題，是他在大學裡的兼職，也是他鋤強扶弱的使命。慚愧的是，這個蒙面超人在擊倒壞人後，會伸手向委託人索取金錢報酬。

阿聞用最華麗的技術駛向大馬路，在濕滑的高速公路上超越一輛又一輛前車，展現他的優越感和自鳴得意。

身為大眾情人，阿聞只把感情當作遊戲。可能是因為童年的不幸陰影，他壓根兒就不相信愛情。

他的爸爸，也是眾人眼中的壞男人……

□

在王宇聞的記憶中，曾有這樣一個男人。

他多數時候也是西裝筆挺的模樣，打領帶時的神情永遠是那麼肅穆，他的背影總是和寬大的辦公椅融合爲一，坐在面海的辦公室裡沉思，眼裡有種沉默是金的內涵。

那張大得可以讓孩子站上去翻觔斗的檜木書桌總是乾乾淨淨的，擺飾不多，有散置的文具、嵌著結婚照和家庭照的相框……有支菸斗，抽屜也放滿價格驚人的雪茄。他從不抽菸，但別人總是送他這種名貴的禮物。

是的，他是個成功的男人，高踞跨國大企業要職，執掌數以百億的巨富，享有萬人羨妒的年薪，擁有常人買不起的頂級轎車。長袖善舞之外，還有個美滿的家庭。

周旋在他身邊的要麼是有識之士，要麼就是城中富豪。認識了他，並在別人面前提起他的名字，每每會有種往自己臉上貼金的感覺。

早上，他的轎車駛進城市的中心商業區，中午或許排滿了與財經部門高官的應酬，然後到了傍晚，車子才會靜靜安駐在獨立式豪宅的停車位。

最近，他一直到深夜才回家，甚至索性做個不回家的男人。

一個男人好幾晚不回家，理由通常只有一個。

這幾天，公司裡傳得沸沸揚揚，就是這個男人將要離婚的消息，理由自是心照不宣，不是因爲婚外情，難道會是因爲老公如廁後不洗手嗎？

一個能當上投資銀行副總裁的男人，別說是個情婦，即使有三妻四妾也不足爲奇吧？

遺憾的是，由於現代婚姻法的限制，一個男人只能有一個髮妻，其他女人只可以是情婦。

「抱歉……王先生還在開會。這陣子他要應付美國公司那邊的大客戶……這樣吧，只要會議一結束，我就會請他回覆妳的電話。」

副總裁的老婆又打電話來了，男祕書又要幫上司編謊話。

其實當天他的上司早就離開公司，開會這件事不是假的，至於地點可能是夜總會。

男祕書依照王副總的交代辦事，又擔心謊話前後矛盾，便寫了張便條，走進上司的辦公室，在桌上找個顯眼的位置貼妥。

當他瞥見桌上的家庭照，忍不住想：「擺在辦公桌上的相框只是裝飾品吧？在這行，形象果然重要。」

他這局外人也不禁惋惜，王副總的老婆明明是個大美人兒，即使生了孩子，仍不比螢幕上的選美佳麗遜色。至於他倆的孩子，男祕書也見過幾次，只是大約剛剛從幼稚園畢業的年紀，但那孩子聰明伶俐得令不少大人嚇一跳。

明明有那麼可愛的嬌妻和愛子，但王副總就是不愛惜，一手毀了這個家庭。

不過，男祕書在商界打滾了一段日子，也不是見不慣這種事，更骯髒噁心的，他也看過呢……中年危機、酒池肉林，誰又受得了誘惑呢？

男祕書是識時務的人，從不過問上司的感情生活，上司一直待他不薄，這點他是感激的。

「他眞可憐！這麼有錢，贍養費一定很嚇人呢！」

但其他同事可沒有半點同情心，拿副總裁的事來閒扯，女同事會爲他那個心死的老婆忿忿不平，男同事會先想到贍養費的問題，然後互相問一問有沒有見過狐狸精，研討她拆散家庭的手段。

這個男人「花天酒地」已到了無法無天的地步。

一支正常大小的千邑，他可以一個人喝光。

宣告離婚後，這週末兒子會跟他去玩，下週末就由媽媽照顧，彼此也爲撫養權而爭持不下。

一下班，他不是繼續留在公司加班，就是拉著外籍同事到酒吧消遣，唯一不會做的就是好好回家，更不會答覆語音信箱裡的留言。

別說是公司同事，就連家人也不知他的去向。

酒入愁腸愁更愁，沒有了妻子的束縛，他有權左擁右抱，像他這種月薪等於別人年薪的有錢人，出手很難不闊綽，到處都受到酒友的簇擁，到處都有清冽香醇的灼喉美酒。

一直到深夜，他喝得滿面紅光，一路嚷嚷，又亂語又傻笑，由不明人士攙扶著上車。

這個渾身酒氣的男人，已不記得有多少天沒回家，有時睡醒，發現自己身在酒店房間，洗個澡就回公司上班……也有幾次在酒店外遇見熟人……現在酒店客房已放滿半櫃新買的西裝。

當晚，他有點想念家人，還是選擇回家，迷迷糊糊用鑰匙打開家門，也不知在哪裡跌了一跤，額角多了道小小的傷口，但這個時間已無人管他的死活。

如果只是用年薪來衡量成就，他是評價３Ａ的成功男人。

但他不快樂。

他是個成功的男人，但他是個失敗的丈夫，能管好數以億計的投資基金，卻管不好只有三個人的家。

或許吧，管理金錢比管理感情要簡單得多。

喝得酩酊大醉的爸爸獨自躺在客廳沙發上。

時針指向十二點。

家裡靜得可怕，傭人和兒子應該睡了，妻子不知去向。

不過就算她在家，兩人也會分房睡。

離婚協議書就擱在書房的桌上，妻子體貼入微，還記得在文件旁放上簽名用的鋼筆。

孩子站在昏暗的客廳裡，瞧著醉得不省人事的爸爸。

你很難相信，這個不到八歲的孩子，竟是用悲憐的目光瞧著自己爸爸。

「爸爸不想回家，是不想碰見一些令他心碎的事吧？」

孩子的心裡藏著與眾不同的想法。

有些事，外人根本毫不知情，爸爸又是那種自尊心強的人，遭別人誤解也無可厚非……

在那個夢幻般的黃昏，就像是命運之神的安排，爸爸湊巧搭乘早一個航班的飛機回家，又湊巧忘了打電話給家人。要是傭人在家，還會向媽媽通報一聲，但不巧她出門到了老遠的菜市場。種種巧合之下，爸爸打開了絕望的門扉，撞見媽媽和情人的姦情，使睡房中那些戲謔的嬉笑聲戛然而止。

那不是夢，而是事實。

勉強要當作一場夢，也只能稱之為噩夢。

媽媽的情人是在健美中心認識的帥哥，年紀比媽媽還要小呢……和其貌不揚的爸爸相比，那帥哥顯然有魅力得多，也和美貌的媽媽匹配得多。

媽媽曾淚流滿面地向爸爸道歉，承諾與情人一刀兩斷。爸爸是個心軟的人，就當是為了兒子原諒了媽媽。可是，當他又發現媽媽始終和那人藕斷絲連，就知道應該對她死心，否則她只會當自己是個愛戴綠帽的大傻瓜。

媽媽稍微收斂的時候，會打通電話到爸爸的公司，目的嘛，只是擺出賢妻良母的樣子，順便查探一下他的動向……至於他死到哪兒去，她可是一點也不關心。

有好幾次，當爸爸不在家，孩子看到那個哥哥在媽媽的臥房進進出出，無聲無息地侵佔了這個家。

自此，爸爸很少會在傍晚時分回家。

這孩子目睹了很多事。

但他總是緘默不語，好像漫不在乎，他媽媽便以爲小孩子不會明白這種事。

他，卻比很多大人更明白大人的世界。

凡事不能單看表面……

但又有多少人看得透言語和面具後面的眞相？

雪亮的眼睛寥寥無幾。

只有這孩子才會知道，爸爸並沒有做出對不起媽媽的事，眞正做了壞事的，其實是表面工夫做得好，博得他人同情的媽媽……

02 安妮塔

在這間大宅裡，某個不起眼的角落，掛著「閉關修煉」的小牌子。

四周瀰漫著不尋常的氣氛，播放著一首不祥的金屬搖滾樂曲。

門後彷彿危機重重，門檻就是虎穴的入口。

只要跨過那道門檻，每一刻都不許鬆懈。

她深呼吸一口氣，捲起兩邊的衣袖，束起頭髮，便一鼓作氣衝進裡面。

砰!!轟!

裡頭傳出無數令人毛骨悚然的聲音，又有火焰又有寒光……彷彿經歷了最激烈的戰鬥，最後的音符是疑似爆炸過後的餘韻。

一番擾攘過後，她垂頭喪氣地出來，一副戰敗者的樣子。

血，在她白瑩瑩的手腕上淌著。

受了傷，就去客廳那邊療傷，打開藥箱貼上ＯＫ繃，咬緊牙關，噴上消毒用的噴劑。

她盯著那一片狼藉的「練功室」，心有不甘。

「太困難了……還是無法過關啊……一個人要追尋愛情，果然要跨越重重考驗！」

看看時鐘，嘆了口氣，又再抖擻精神，重新振作起來。

就像要征服珠穆朗瑪峰，她又走入那危機重重的地方，襟前的圍裙就是她的戰衣。

剁剁剁！

手起刀落！油花飛濺！

料理就是戰鬥！

一片濃煙瀰漫。

當她再次從廚房裡出來時，又捧著一大盤焦黑的食物。

由於廚房裡的垃圾桶已塞滿失敗的「傑作」，她喚家裡的傭人過來幫忙，一起拎著那重量驚人的垃圾袋，到屋外的垃圾收集區。

瞧著髒兮兮的廚房，她覺得有必要清理，亂搞一陣之後，弄得牆上爐上地上全是泡沫，可憐的廚房又遭受一劫，火災之後就是水災……

這一次，她煮出來的東西含有洗潔精泡沫。

她的目標是做出填滿一個日式便當盒的美食，但她距離這個目標仍然很遠。

「天才與蠢材只是一線之隔……我會成爲天才的！」

下一次，她還是失敗了，又糟蹋了不少食材，手頭上缺了幾樣材料，便用乞憐的目光望著站在門外偷看的傭人。

傭人心想，小姐吩咐自己去買食材就算了，居然另外拜託自己幫她去買鍋子……連不鏽鋼鍋也被她毀了，眞是太可怕了，難道她正在製作的是什麼黑暗料理嗎……

聽說中學的家政課老師禁止她進入家政教室，儘管小姐忿忿不平地抱怨：「天才總是被其他人誤解！」但傭人深信當中一定大有原因，暗地認同老師的做法，但她實在想不通……做個便當會是那麼難的事嗎……

小姐又出來了，看著她這副焦頭爛額的模樣，傭人不免捏了一把冷汗，明明主動提議幫忙，才踏入廚房一步，就被小姐推了出來。

「今天廚房是我的，任何人都不許進來！這是上天給我的試煉，現在有人幫我，將來我嫁人就沒人幫我啦！」

傭人說不過她，便找個藉口外出，免得自己的生命受到威脅。

紅色圍裙，不屈不撓的勇氣。

少女的眸子亮晶晶的。

直到第十次嘗試，當十根指頭都貼滿ＯＫ繃的時候，少女終於做出自認一百分的料理，戰戰兢兢地試吃一口，再留一份給爸爸試味道……假若一直到明天大家都沒有拉肚子，那她就做出了成功的料理。

「嘻，他吃了之後，會不會很想娶我為妻呢？」

便當盒裡藏著少女的愛。

□

這少女的名字是ANITA，芳齡十五。

出生證明書上，爸爸為她取了「ANN」這個英文名，這個靈感來自他的姓氏——安。不知是否發音簡單的緣故，「ANN」是常常在英文教科書裡出現的虛構角色，ANITA自然不喜歡原來的菜市場名字。她升上中學之後，就改用現在這個她認為比較順耳的叫法。ANITA是ANN的西班牙文寫法，少了點俗氣，多了幾分優雅。

她在某些專門海削觀光客的紀念品店見過一些名字鑰匙圈，自己的英文名譯作中文就是「安妮塔」。

這名字很適合一些嬌小可愛的女生……她就是這樣的女生。

雖然在名校唸書，她卻一點也不用功，如果睡不夠十小時，曠課對她來說是理所當然的事。打開她的書包，也只會找到少女雜誌、化妝品和愛情小說……還有關於新婚資訊的月刊。她與班上同學格格不入，朋友們追求的人生境界是成爲女強人，而且是「將所有男人踐踏在腳下」的現代女強人……ANITA朝思暮想都是同一個白日夢——只要嫁給最喜歡的人，對她來說就是最圓滿的人生。

又是那種令人慵懶的陽光。

昨晚花了一整晚修練廚藝，ANITA有點後悔來上課，睏得不像話，抵受不住睡魔的誘惑，便在中文課時自動進入休眠狀態。

「ANITA！妳又在作夢啦？不如對同學說說，妳的夢想是什麼？」老師忍無可忍，吩咐鄰座的同學吵醒她。

面對老師的揶揄，ANITA伸直右臂站起來說：

「結婚！」

同學們只是捧腹大笑，她卻一點也不感到害羞。

桌上那本私人筆記本，被她瞎塗瞎寫些與課堂無關的東西，整頁是亂畫出來的結婚證書，還煞有介事地簽上名，女方是她自己，相鄰一欄的名字就是「王宇聞」，周遭是用亮彩筆繪出來的心兒……

同一日。

柏油路上，一輛白色敞篷跑車正在飛馳。

「ANITA，我快到了，妳下來等我吧。」

阿聞拿著手機講話，單手扭轉駕駛盤，漂亮拐過一個下坡急彎。

阿聞是個天才，運動神經尤其一流，學什麼都很快，拿到駕駛執照不到三個月，就可以做出各種高難度的動作。

他將車停妥，一下車，就被人從後面勒住。

「打劫！」背後的聲音說。

「我沒錢。」阿聞沒有反抗。

「綁架你！」充滿稚氣的女聲淘氣地說。

「小姐，妳又不是沒有來過我家，家徒四壁也就算了，還欠財務公司幾十萬債務，妳綁架我，搞不好會連累妳一併被斬。」

「我不介意……」

ANITA枕在阿聞的背上，嗅著他的體香，陶醉得飄飄欲仙。

「喂！妳是無尾熊嗎？別貼近我。」

阿聞曲身向前，逃避她的擁抱。她晃了晃，差點失去平衡。她惱羞成怒地瞪著他，他繼續說：「男未娶，女未嫁，婚前要保守。」

「你打算娶我嗎？」ANITA目光大亮。

「妳想和我結婚？好啊，日子就定在二月三十日。哈哈。」阿聞眨眨眼，嬉皮笑臉。

ANITA每次都說不過他，急得快要哭出來了，想摑他一記耳光，又覺得「不解風情」這個理由太野蠻。

阿聞嘴巴惹人厭，爲人倒是非常體貼——剛剛流的汗乾了，在衣上遺留一陣臭味，他不想讓她靠貼，誤以爲那是男人味。

毫無預兆地，他牽起她的手，就如握著小肥皂般的動作，溫柔得足以令任何少女怦然心動。

「阿聞……？」ANITA驚喜得說不出話，低頭含情脈脈。

「車鑰匙，還妳。」他將車鑰匙塞在她的手中。

就只是這樣？哼……她自知會錯意，但又爲這一刻的「肌膚相親」而悸動，竟痴痴地捉住他的手心，直到他上上下下猛甩三次才肯放手。

今天爲了執行任務，阿聞借用她爸爸的英國名牌敞蓬跑車。ANITA生於大富之家，爸爸是醫院副院長，可能因爲不愁將來的關係，她有的是連自己也數不清的無聊時間，阿聞每每爲她老是纏著自己而頭痛非常。

有錢眞好！第一次送她回家，看到她爸爸的那些名車，身爲無車一族的阿聞，自然而然萌生了貪念……

沒錯，被有錢人家小姐盯上是很愉快的事，但阿聞不久就發覺自己惹上的不是三心二意的易騙少女，而是爲他帶來無窮災難的「麻煩剋星」……

當阿聞正想離去時，ANITA就繞到他身前，把先前鬼鬼祟祟藏在身後的布包拿出來。

「你猜猜這個包包裡有什麼東西？」

「哦。這種氣味……是發霉的麵包嗎？」

ANITA喜孜孜捧出一個便當盒。

便當盒裡的料理是她一整晚的心血結晶，既有切成心形的煎蛋餅，也有如眞炭一樣的炭燒獅子頭，還有用多種餡料捏成的神祕餃子……

阿聞的面色馬上變得鐵青。

他想起上次曾嚐過她的馬蹄露，難吃就算了，最厲害的是那些隱藏在難吃味道背後的毒素……要是遲一步趕到醫院，他相信自己早已一命嗚呼。

更要命的是她爲了賠罪，探病時帶來親手煮的「河豚粥」……鄰床的病人是個嘴饞的傢伙，阿聞整碗粥給他，翌日他就徹底消失了。也不知他是提前出院，抑或是因爲食物中毒而被送入加護病房……由於擔心會被懷疑是共犯，有些問題他也不敢向主治醫生求證。

——不想死的話，千萬不可以吃她的料理。

這就像「地球是圓的」那樣根深柢固的思想，深深烙印在阿聞的腦海裡。

「就算不好吃……也拜託打個分數，好讓我有進步空間。」ANITA期待看到喜歡的人一邊吃著她的料理，一邊流露出幸福的神情。

「可以用行動來評分嗎？」阿聞皺了皺眉。

「可以！接吻是滿分，吻臉是九十分，抱抱就是八十分……」

ANITA閉著眼，嬌小的身體微微傾前，似在期盼著什麼……

阿聞將她的餐盒扔入垃圾桶。

ANITA的心在一瞬間碎了，眼窩的四周也紅了。

「面對現實吧！我眞的不介意妳到五星級酒店買塊小蛋糕，然後騙我說是妳親手弄的，這樣我也會感動……」

她曾說過，假如學校沒有家政課，她就沒有上學的意義……只要是和做個好新娘相關的知識，她都會比別人付出一倍以上的努力學習，只不過個性太冒失，才會一而再、再而三犯下致命的錯……

一番心意，就這樣被最喜歡的人糟蹋了。

ANITA歇斯底里起來，用柔弱的拳頭捶著阿聞的臂膀，一副下戰書的口吻：「天才與蠢材只是一線之隔……你聽著，我總有一天會做出令你一嚐就想娶我的超級料理！」

阿聞用掌心按著面門，沒好氣地說：「可惜，對妳來說，那條線是地平線——就是天空與平地之間的距離。」

「我要走了。」

「你要去哪裡？」

「去妳的心裡，幫妳的心室裝修，塗上顏彩。」阿聞油腔滑調之後，板著臉說，「不要煩著我，我要去幫人補習，沒空再和妳磨蹭啦。」

這番話眞的沒有騙她，他的確是去幫人補習，課題就是「愛情會計學速成班」，教一票有男友的女生如何管好帳目，避免在談戀愛的過程中吃虧。

ANITA仍然在阿聞身後拉拉扯扯，不肯鬆開手。

「你不來我家裡坐坐嗎？我剛學會泡咖啡，家裡也沒人啊。」

「小妹妹，妳知道何謂女人的矜持嗎？妳未滿十六歲就想色誘我，說出這樣的話來。」

「那麼，我給錢，你幫我補習，好嗎？我買了件背心，很神奇的，沒有吊帶的……你要不要看我穿睡衣啊？」

阿聞眞的要暈倒了。

「待妳的漢堡包變成巨無霸後，妳才來色誘我吧！」

他頭也不回地走了。

ANITA呆望著他的背影出神，呢喃著一些碎語，期待這個夢中的未婚夫會回頭對她笑一笑，然而，他從來不曾回頭，只害她遍灑一地依依不捨的目光。

「死人頭！」

她扮了個鬼臉，心裡明白，就算在他面前以死相逼，他也只會說：「妳要去死啊？最近手頭不是很寬裕，喪禮的奠儀少一點，可以嗎？」直言告白，他會回答：「我也愛妳，不過我更愛世人，我要捐軀給祖國。」

互不理睬的時候，他反而樂得清閒，恨不得和她切斷聯繫，結果總是她舉白旗，低頭認錯。

她老是被他欺負，每次她都是輸家。

ANITA拿出化妝鏡，看看自己哪兒魅力不足，吸引不了他。

自從阿聞笑過她戴眼鏡的樣子，她就開始配戴隱形眼鏡，用笨拙的手法將那種東西放在眼珠上。一開始她很不習慣，經常眼白發紅、淚流不止。阿聞責備過她，倔強的她就是不肯聽。

爲了讓他多望她一眼，什麼都是値得的。

「阿聞，我有婚紗照的折扣券啊！我覺得你穿上白色禮服一定很帥哩！我也很適合穿這件白色婚紗，你覺得呢？」

「青山精神病院的病人服也是白色的，很適合妳。」

「喂！怎麼你總是不曾正正經經回答我？」

「……妳該不會以爲那是正常人會問的問題吧？」

其實，直到目前，他都沒有承認她是他的女友。

在他的心中，她可能只是個死纏活纏的傻瓜，又或者什麼也不是，地位只等同隻「盲目傾慕的螞蟻」。

而他永遠是匹「放蕩不羈的狼」。

但她從來不曾想要放棄。

因爲——

她永遠記得，他和她相遇的那一瞬間出現的亮彩——

□

那一天，她和爸爸鬧翻，居然在大馬路上跳車。

她也不管爸爸是否眞的被嚇得面色發青，抹過淚水就跑，滿腦子都是離家出走的念頭。

時值學校的考試季節，朋友似乎知道她的來電不會是什麼好事……打了好幾通電話，她等了又等，聽到仍是那自然斷氣的訊號音。

她找不到可以傾訴的朋友，便獨自在街上蹓躂。

霾晦的天氣有種輕度憂鬱症的徵兆，不知何時就會發作。

一朵朵烏雲果然帶來了雷陣雨。

她站在商場門口躲雨，曾有衝動闖入雨中淋個痛快，然後生一場高燒38度C的大病，光明正大地請假。

「這位漂亮的女孩，妳需要護花使者的服務嗎？」

可能是她愁眉不展的臉色惹來了別人的關心，一開始她還不知道那人在對自己說話，想了一下，怔了怔，不自覺後退半步，而對方也在這時挨近過來。

她與他的俊臉近在咫尺，看得清那雙深邃的眸子，那深處就是兩顆明朗的星星，說是畢生見過最漂亮的眼睛也不為過。

沒想到是個大帥哥！

遇到這種事，沒有哪個少女可以不心動。

她一眼已認出對方，因為對方是高年級相當有名的學長。他路經當地，想必是看到她的制服，不忍看見同校學妹躲雨的狼狽相，便好心送她一程。

身旁那個英俊的學長為她撐開傘。

他是個稱職的紳士，翩翩轉身伸出手心，輕輕牽著她走入傘中間，徐徐遷就她而踱步，寧可讓雨水沾濕自己的襯衫，也不讓半點水滴濺到她身上。

「謝謝。你人這麼好，將來一定很成功的……」連本人也不知道自己在說什麼，自己那嬌澀的聲音也細不可聞。

傘下的空間，就是少女的整片天空。

含情脈脈的模擬戀愛時間……

ANITA只懂傻乎乎跟著他走，不帶眼睛走路，一張嫩臉早已紅透，只怕再盯上他一眼，胸口那顆爆米花一樣的心花就會炸開……

隔了一會，她終於鼓起勇氣開口：

「你叫……王宇聞，我有記錯嗎？」

「咦，妳認識我？原來我是個名人。」

阿聞的笑容極淺，似乎對這種事習以爲常。

ANITA還想告訴他，他在講台上說話時的樣子很有魅力，常常惹得她班上的女同學大呼小叫，屢次在早上廣播期間聽到他爲學校奪得什麼殊榮，她總是在台下爲他默默鼓掌……還有很多很多話想說，但眨眨眼，原來已到達地鐵站。

「離站後，妳還要再走一段路吧？傘給妳吧！」

他不待她反應過來，就邁步走入門楣外的雨簾之中。在雨下，他回頭，當發現了她的目光，也沒有稍稍停步，只是隔著無言的距離與她相視而笑，遂而踏著無意留情的大步，前往茫茫人海的深處。

ANITA說過的，她永遠不會忘記那一天的邂逅。

他的背影漸漸在驟雨裡隱沒，她只聽見雨聲，再也聽不到自己的心跳聲了……

因爲她的心已被他擄走了。

03 LOVE MISSION

阿聞的床下長期擱著一大箱雨傘。

弟弟和同學知道了這件事，百思不得其解，忍不住問：「一家人一輩子也用不完那麼多柄雨傘，難道你要去跳蚤市場擺攤嗎？」

阿聞這樣回答：

女人就是覺得雨中的邂逅很浪漫。

一年裡有N天是雨天，也就是說會有N次製造浪漫的機會。

一年間，敗在他傘下的女人也不計其數，而且是「完全迷倒」的那種敗法。

一柄批發價十元左右的雨傘，常備身上，往往會有意料之外的收穫。

阿聞就是用這樣的手段，騙到了不少芳心。

但這幾年他已經完全捨棄雨傘這種道具，邁入全新的境界，一則爲了省錢，二則他明白一流的情場高手不必倚賴外物來把妹——草木竹石均可爲器，即便是在街上隨意拾起一塊爛紙皮，他也有信心讓正在躲雨的女路人爲他死心塌地。

在男人眼中，阿聞這種朋友是頭號大敵人，誰也不敢帶自己的女友出來和他見面。學業成績頂呱呱、運動神經一級棒、超級名校的辯論隊主辯員……俊朗無雙的外表更是阿聞最大的優點，一年中不知有多少女路人對他一見鍾情，連女教師和他走在一起也會春風得意。

阿聞自小就是別人眼中的完美人類。

雖然出身平民家庭，但他全身散發著一種富家公子才會有的氣質。

若說阿聞有什麼缺點的話，那就是他太容易招妒——

有幾個性向成疑的男同學嫉妒那些向他投懷送抱的女同學，恨不得立刻重新投胎一次，以女兒身向阿聞示愛。

與天使般的容顏並不匹配，他的心眼很壞，對女人可以很絕情。

偏偏這個缺點在女人眼中卻是優點——

男人不壞，女人不愛。

阿聞考取超卓的公開試〔註〕成績，別人問他會進哪一所知名大學，沒想到答案令人意外，他選的並不是什麼很難考進的大學學系。

「我到現場考察過……唉！知名大學頗令人失望……相反呢，浸水大學的公關系給我帶來很大的驚喜，很好很好……」

所謂很好，指的是那些穿著短裙的女大學生。

「老哥，你拿自己的前途來開玩笑嗎？」他的弟弟王宇豐在平民學校唸書，雖然談不上傾慕哥哥，卻也不得不承認哥哥是個當醫生和律師的人才。

「要是沒有漂亮的女同學，我天天都會蹺課。」

阿聞接著列舉出一大堆統計數字，說什麼成績與樣貌成反比，正如產量和素質的矛盾在微觀經濟學上是一大課題……又透過市場學的角度分析，浸水大學公關系的男女比例是2：9，是塊大餅，很有發展潛力……

「說到底，我要從事一門從女性身上賺錢的行業。」

阿聞大言不慚。

他真的坐而言起而行，就在畢業典禮那天，將身上的東西逐件拍賣，校服上的鈕釦一顆叫價三百元，運動會的金銀獎牌一套七九九元，連留有手汗的橡皮擦也被擺上攤位……那些筆記本更不消說是熱銷品，賣出了天價，結果讓他賺到大學註冊時要交的學費。

註：香港升學考試，相當於台灣的大學入學考試。

某上市化妝品大企業的主席說過：「要從女人身上賺錢最容易。若能駕馭愛情，就是駕馭了半個世界！因爲世上有一半的人口是女性……」

這是有點亂七八糟的座右銘。

但阿聞確實選了一門唸得很快樂的專業，憑著上天賦與他的超級公關才幹，才大學二年級，年薪已逾港幣二十萬，未畢業先創業，他自封的職銜就是「愛情特務專家」。

愛情本身就是門科學，有理論性的實驗，有邏輯性的推演，一切的離離合合皆有跡可尋。大學有必要開設一門「愛情科學（THE SCIENCE OF LOVE）」，世上的情愛糾葛愈來愈多，社會需要這方面的人才。

阿聞某天突發奇想，在浸水大學的網上電子布告版刊登一則廣告：

「狼的愛情事務所」

本人是愛情特務專家，專門處理大大小小愛情疑難雜症。

新開幕，所有服務套餐均有八折優惠。

查詢請留言，聯絡人WOLF先生。

情劫復仇．蠍子尾：蠍子尾象徵復仇。愛情就像樓梯階級，誰在上面，誰就有權先說分手，推另一方下去，失敗者得不到任何傷殘保險上的賠償。爲了維護弱者，替他們報復，就是愛情特務的責任。（若要將過程拍攝成影片，費用另計。）

分手刀叉．絕情丹：分手不當，你的性命隨時受到威脅，我聽過最恐怖的案例就是「身首異處」。男男女女很想和另一半分手，既不想蒙上負心人的污名，又不想另一方受到太大的心理創傷，便要借助這項服務。愛情專家會用巧妙的方法，令分手變成如國慶般普世歡騰的盛事。

即日愛情．甜罐頭：罐頭是保鮮的良方，據說有些未打開的罐頭，保存期限最長能達一百年。讓我和妳手挽手，享受一天的愛情，對未嚐過愛果的妳，將會是段銘心刻骨的回憶，租用我的心一天。愛，藏在回憶深處。

緣分速配．三世書：緣分是經複雜計算而得出的結果，專家用獨家的科學方程式，配合星座、血型、三圍、腳趾長度、銀行存摺號碼……等客觀數據來計算相配度，圈出和你繫著紅線的另一半。

戀愛攻略．精讀班：戀愛是一道道的關卡，有了攻略本就能輕鬆十倍破關。針對特定夢想對象，本人會爲你量身訂做攻略本。另有大眾精讀班，教授戀愛心得，分發NOTES（筆記），適合喜歡背誦MODEL ANSWERS（標準答案）的書呆子，更會一同研討PAST PAPERS（過往敗績白皮書），保證修畢的同學談場A（01）級的戀愛。

也許這個世界的愛情糾紛眞是太多。廣告刊登之後，竟然得到熱烈的迴響。更令人費解的是，有人眞的會委託他辦事。難得開拓了一條財路，阿聞立刻買張新的儲値電話卡，回覆問題時附上電話號碼，交代聯絡方法。

他賣的只是頭腦，無本生利，利潤極高，賺的錢夠他繳學費和應付生活開支。

阿聞聽過不少哭著打來的電話，那都是剛被情人拋棄的可憐蟲，要是他不好好安慰那些人，那些人眞會走上自殺一途。

儘管愛情是你情我願的關係，但不能否認有的是存心玩弄感情的渾蛋，貪新厭舊者有之，恃寵而驕者有之，橫跨三角、四角、多角戀者有之，騙吃、騙喝、騙財、騙色的大有人在。被所愛的人狠心背棄，除了哭哭啼啼地喝啤酒，難道就沒有其他洩憤的方法嗎？

「我要替他們討回公道。」

幫委託人解決完愛情問題後，看到他們千恩萬謝之狀，阿聞也會很有成就感。

阿聞有時是愛神邱比特，有時是幫人牽紅線的月老，有時是看破紅塵的得道高僧，有時就是掌管戀愛軍事的古惑狼……

雖然經常收到無聊的騷擾電話，亦收到一些語帶恐嚇的尋仇電話，但碰過幾次釘子後，阿聞學會怎樣去分辨眞僞。現在，他經驗豐富，任務成功率也愈來愈高。

但當他愈做下去，就愈覺得愛情的可怕。從前那麼相愛的人，竟然會反目成仇，要委託他來報復。有些人根本懶得去處理麻煩的愛情問題，委託他辦事，就是想將責任卸到他身上，正是所謂的花錢消災。

——世上絕大多數愛情都是禁不起考驗的。

愛情是場爾虞我詐的兩人政治角力。政治是眞實中夾雜虛假，愛情則是明明是眞的也可能變成假的。政治家的選舉口號是長期支票，一旦做不到，有垮台的可能；熱戀中的承諾全是空頭支票，假若做不到，那是淒美浪漫，爲世人所歌頌。

因此，阿聞只會將愛情看作遊戲。他是典型的情場浪子，性格難以捉摸，情緒陰晴不定，神祕而教人迷戀。

追求人家得不到的女人，他會很有優越感。

分手時，他總是理直氣壯，永遠保持著不敗的常勝紀錄。

搶走人家的女朋友，對他來說，是泡一碗麵那麼簡單的事。

好像只要別人給錢，他什麼都會去做，偶然也會爲做過的錯事深深懊惱。

他心裡有道傷痕，要靠錢來塡補，也許，錢能救贖他的靈魂……

□

大學裡滿是種種口耳相傳的怪談：荷花池畔凌晨十二時問路的白衣怨婦、穿過怪石雕塑就不能畢業的詛咒、吃腰果雞丁時千萬不可讓腰果從筷上滑落、晚上會發出怪聲的恐怖馬桶、從廢棄的煙囪冒出頭來的瑪利奧叔叔……

還有的是——

一旦加入天文學會，就會失去大學三年的戀愛運，一把妹就會天打雷劈，每次約會也會狂風暴雨……

「荒謬！」

矮伯裘就是天文學會的主席，聽到這種傳聞當然氣得拍桌大吼。

「這也怪不得人家這麼想……我們全社一個女性會員也沒有，去年辦的那些露營活動就只有一堆臭男人一起看星星、吃泡麵……」

正是如此，別人在背後諷刺天文學會是「和尚學會」，是一大群醜男和臭男的集中營。

「嗚，我已發臭了三年，很想要女會員呀……」有人哭起來了。

很快又到大學招生日，那是一年一度招募會員的機會。

矮伯袞和一眾幹部就只能望著月曆發呆。

再這樣下去不是辦法。

但他們眞的毫無辦法。

「有了！」

矮伯袞腦中浮現阿聞的面龐，便撥打「狼的愛情事務所」的熱線，向這個救星求援。

阿聞是個什麼樣的人？

在天文學會的人眼中，阿聞是個超級大帥哥，身邊總是聚攏著一大群國色天香的女同學，看得他們牙癢癢的。

阿聞約他們在酒樓談判，這頓飯由天文學會撥款贊助。

「聞大俠，我們的情況你應該知道。這次我們想以你的風流倜儻作招攬，期望吸引一票新的女會員，藉此揚眉吐氣。」矮伯袞爲阿聞倒茶。

「客氣客氣。一分錢一分貨，你們重金禮聘，我一定不會令大家失望。」阿聞滿臉自信。

雖然只是第一次和阿聞同桌用膳，但天文學會的人早已聽過他的事蹟，知道某位仁兄曾有恩於阿聞，阿聞免費幫他補習一些談情技巧，讓他只憑一組電話號碼，就在兩星期內成功俘擄了系花的心。

「老大，這個人眞的靠得住嗎？」有人說悄悄話。

天文學會人丁單薄，所謂的會務經費，也只是不足十人湊出來的款項。

阿聞的耳朵很靈光，似乎聽到那人的話，聳聳肩就說：「當下證明我的能力的確很難，我就說說自己的戀愛履歷給大家聽聽……從小學三年級到現在，我和女生約會，從未花過一分錢請客，全都是由她們幫我買單。」

「不會吧？每次都由女生買單也可以把妹？世上哪有這種事呀？」絕大多數人都質疑。

對他們來說，即使肯貼錢也沒妞兒賞臉和他們吃飯，雖然阿聞長得很帥，但明明在把妹還可以令那些吃人不吐骨的女生反過來請客，這樣的事簡直是超出他們想像力的極限。

「因爲，我會跟她們說：『妳們知不知道？日本男人和韓國男人和意中人約會，都是由女方來買單。我很崇尚這樣的風俗，結婚之後，男方都會把他所有薪水交給老婆保管……』我這麼說的話，那些女生總是急急掏出錢包來結帳，每次我想阻止也來不及……」

眾人聽得乾瞪著眼，馬上對阿聞刮目相看。

「還在考慮？實不相瞞，有其他學會邀請過我，我怕工作太忙，要不是和矮伯裘是老相識一場……」

阿聞這是在騙他們，這樣說之後，天文學會的人馬上全部點頭。

阿聞收人錢財之後，隨即投入工作之中。

當晚，在天文學會的活動室裡，阿聞瀏覽了他們原定的計畫書，然後就向人借來打火機，一把火將整份計畫書燒掉了。

「什麼叫『浪漫觀星、青春無悔』？什麼叫『有益身心的活動』？這是阿爺電台的廣告標語嗎？現在是要帶小朋友到太空館嗎？完全不成體統！所謂觀星，醉翁之意不在酒，我跟你們說，大學生辦迎新活動，一定要有身體接觸，還要美其名爲『行爲藝術』！」

阿聞忽然面向所有人，大聲問話：

「星星是什麼？有人能回答我嗎？」

「星星是發光的星體……」

「錯！」

「星星是十億光年以外的光芒……」

「錯！」

「難道是動物園裡的動物……」

這些答案傳到阿聞耳中，他都只是不住搖頭，天文學會的人不禁羞愧得無地自容。

「錯！大錯特錯！星星就是用來騙女人的東西！枉費你們還自稱是天文學會，有大好的條件不會盡用，眞是太令人心痛啦！隨便搞個『十二星座速配聯誼』，我敢保證一定會爆滿！」

十二星座？速配聯誼？眾人大眼瞪小眼，連連點頭讚好。

阿聞突然推倒桌上那箱由贊助商送來的飲料樣品。

「苦茶、苦茶……喝這種苦茶，你們都想變成『苦瓜』嗎？即使要自己掏錢，也要買含酒精的飲料回來！」

負責人員忙不迭地取出紙筆，記下阿聞的建議。

「不過營地選址不錯，附近有沙灘，可以逼新生們由早到晚穿泳裝……總會有人忘記帶防曬油，現場販賣，又可以向那些新生撈一筆，到時別忘了分帳給我啊……」阿聞用專家的口吻說下去。

當大家見識了阿聞的魄力之後，不約而同地想：

「不愧是情場高手，果然很邪惡呀……」

就在各社團、各學會搶新生的當日，阿聞手執令旗，指揮大家作戰。

「女人、女人、我要女人!!」

大家發出餓狼似的狂嗥，高歌一首張學友的「餓狼傳說」之後，士氣値爆表，就從攤位衝出外面拉客。

天文學會裡最多的不是星星，反而是猩猩般的醜男。

阿聞早有吩咐，小眼的戴墨鏡，禿頭的戴帽子，口吃的盡量裝酷，長得矮的務必在鞋底加上兩層厚墊……

「剛升上大學的年輕男女，都受夠了被考試剝削青春之苦。他們最美麗的青春，都是在自修室裡K書、考試、K書、考試……愛情是毒藥，只能K書不能K歌。因此，中學生升上大學，最想做的事情是什麼？嘿嘿，有正妹、美女的地方，其他系的男人就會聞色而至。」

阿聞高談他的推銷要領。

在招募新生的活動中，有兩類人要特別緊盯：醜男和美女。美女受歡迎的原因不用說。至於長得醜的男人，只要向他展示一下美女會員的照片，別說是簽名入會，就算要他們掏出一千多元的入會費也是萬分情願。

「小心你的口水滴到申請表格上面……」

這是天文學會的幹部當天說得最多的一句話。

漂亮的妹妹，修長的美腿……這群淫賊邊哼著歌兒邊工作。

帥氣十足的阿聞在露天廣場派發宣傳單，在陽光照耀下異常醒目。一向以來，阿聞對系裡的女孩很好，她們擁護他，有空就站出來幫忙宣傳。當天到大學註冊的新生，都誤以為天文學會裡全是俊男美女，結果全部上當。

出奇制勝，大量新生湧到天文學會的攤位報名。

在學生登記入學那幾天，天文學會收到接近兩百份入會申請表，當中有一百九十九人報名參加迎新營。

「帥哥當關，萬夫莫敵。」

其他學會的人見識了阿聞的魅力，不期然有這樣的感歎。

計畫空前成功，矮伯袞和一班天文學會的幹事都對阿聞奉若神明。阿聞乘機推銷他的「戀愛陰謀學」特別班，也大獲成功。

阿聞在大學裡的男性仇家很多，男性朋友很少。

對他來說，金錢上的報酬雖然重要，但更彌足珍貴的是，他可以得到別人的認同及信任，融入他們的圈子，找到自己的生存空間。

認識這班豬朋狗友眞的不錯呢……阿聞是這麼想的。

□

爲期兩天的迎新營開始了。

在晴朗的一天出發，天文學會分成若干組，阿聞也是其中一組的組長，而他在收集女會員的申請表時已做了記號，主要針對外貌評分，秀色可餐的會有四至五顆星星，太恐怖的就會畫上個「骷髏頭」……

阿聞是個稱職的主持，嘻嘻哈哈、三言兩語就炒熱了現場的氣氛。

晚上，重頭戲來了。

夢幻般的泡泡球。星星映在天幕上。

「很羅曼蒂克啊！」不少女生叫了出來。

天文學會的人租借了投影機和製造泡泡球的機器，再加上十多盞跑馬燈，將原來是營地餐廳的爛地方，烘托成適合舉行速配舞會的會場。

就在一對對戴著星座眼罩的新人熱舞狂歡之際，阿聞自覺功成身退，便悄悄從那個不起眼的角落離開場地。

月色之中，星礫的灰燼散落沙灘，他成了離群的狼。

他獨自坐在僻靜的岸邊，一言不發地觀星。

在這樣的夜晚，他在思念誰？

會是ANITA嗎？

但他不會打電話給她，從來都不會，因爲不希望ANITA以爲自己重視她，不希望她繼續迷戀自己。而每次通話都是他先說再見，並且掛斷的。

他是壞人，無法對任何愛情許下承諾，所以，他不會容許任何人走入他的心坎裡……

「接住！」有人大叫。

阿聞沒有回頭，豎起蝙蝠般的耳朵，聽風辨位，俐落地接住那罐啤酒。

「好身手！聞大俠，果然夠酷！」

矮伯裘走近，盤膝坐在阿聞身邊，酒精使他的面色紅潤，難怪剛剛夜路上有人以爲碰到了顆大番茄。

「怎樣？你對女人毛手毛腳，被趕了出來嗎？」阿聞笑言。

「不是，是我長得太矮，沒幾個學妹肯做我的舞伴。看來今年我又除不掉『獨孤求偶』這個外號……」矮伯裘嘆氣。

「哈哈！你家裡富有，可以給你本錢開一家飲料店，店名我也幫你改好了，乾脆就叫『王老五』吧！你有二十年王老五經驗，已經算得上老字號。」阿聞的揶揄是不留餘地的。

「今晚的星星眞的很漂亮。」矮伯裘到底也是個喜歡星星的人。

「嗯。」阿聞欣然點頭。

在去年的迎新營，矮伯裘第一次認識阿聞，晚上憋不住尿急起床，也看過阿聞這種寂寞憂傷的眼神。

「大學必修的四學分：學業、社團、打工、戀愛，你會將哪項排在最高位置？」

當時還是大一生的阿聞，毫不猶豫地回答：「打工。」當時不少人覺得阿聞是個唯利是圖的壞傢伙，唯獨矮伯裘覺得他是個坦誠的人。

有時候，矮伯裘暗暗懷疑，阿聞在別人面前將自己塑造成花花公子的形象，可能僅僅是爲了虛榮心和炫耀慾——或者僅僅是爲了迎合別人的誤解。

矮伯裘有時也頗好奇，阿聞到底要那麼多錢幹嘛？他又不是愛用名牌的人，家裡的狀況也不是很差……

他的眼睛藏著很多祕密。

很多人也覺得奇怪，像阿聞這樣的男人，怎麼會和這個集天下缺陷於一身的男人要好？別人告訴矮伯裘，說阿聞是貪他的錢才親近他，但矮伯裘理所當然地回答：「我也是在利用他啊！」嘴裡這麼說，他倒是十分信賴阿聞。阿聞再壞，也不會害自己。

矮伯裘很崇拜阿聞，經常愛聽他瞎編出來的道理。

最近，阿聞發表了關於「男人三高、女人三好」理論的論文。

「男人有三高，學歷高、收入高和身高。女人有三好，外貌好、廚藝好和心好。集合三樣條件的男人或女人，才會得到健全的愛情。但缺少任何一樣的話，就是『殘缺的愛情』。」

這番話常常令矮伯裘耿耿於懷，因爲他欠缺的正是身高。事實上，阿聞經常缺錢用，他也達不到三高，那是番謬論，只不過在別人面前逞威風、胡扯一通。

「眞正可以打動女人的，不是眞誠，而是男人的條件。」

阿聞提出的第二定理，比牛頓提出的力學第二定律更具震撼力。

「我一直都對愛情充滿憧憬，無奈人漸長大，我漸漸意識到自己比不上人家，要人接受我眞的很難。那種公主和王子式的愛情童話，與我絕對無緣。我很平凡，而我愛的人也很平凡。」矮伯裘說出大多數人類的心聲。

想嫁給白馬王子。想娶日劇裡的女主角。

星星般的童年夢。

兒時，常望窗憧憬未來……哪會想到自己將來會被捨棄？哪會想到情愛竟會帶來無盡的煩惱？

白馬王子找不到，連A片裡的女配角也碰不到，可憐的自己只是隻迷失的小企鵝，無法將醜陋的愛情變成白天鵝。

「所以我才經常請你幫我做事，看著你將女人玩弄於股掌上，我就覺得很有勇氣和滿足感，可能是你間接幫我實現了一些我無法實現的願望吧！」

砰——矮伯袞醉了，不支倒地，呼呼大睡。

阿聞立刻用沙埋了矮伯袞，在他頸部以下畫上企鵝的身體，可惜沒帶相機，無法拍下他這副滑稽相。

盯著矮伯袞時哭時笑的模樣，阿聞卻不覺得他可憐，眞正可憐的是無法好好愛一個人的自己。

其貌不揚的男人，眞的要付出更大的誠意才能獲得愛情……這令阿聞想起那個可憐而孤獨的背影。

那個黃昏，那個夜晚。

仰望的彷彿是同樣的星空。

□

「我爸爸離家出走了。」孩子告訴同學們。

「嗄!?」小學生程度的腦袋，難以理解「爸爸」和「離家出走」的關連。

「哈哈！你爸爸很怕你媽媽嗎？」

孩子扮了個鬼臉，其他人只是以爲他在開玩笑，嘻嘻哈哈便玩作一團，憂愁的面孔轉瞬間隱沒在笑臉之中。

別以爲世上只有離家出走的孩子，原來也有離家出走的爸爸。

已經半年了。

爸爸辭去了投資銀行的職務，一直失蹤至今，仍然不知所終。

孩子沒了爸爸，媽媽就沒了最高效率的「提款機」。

雖然家裡少了一個人，分配到的飯菜卻沒有增加；小朋友是知道的，家裡的狀況並不是不好，無奈就是過往風光的生活不再，媽媽又不會找工作，只靠一點積蓄來支撐這個家。

媽媽懶得可以，這頓晚餐又是罐頭拌飯。

媽媽的廚藝差勁透頂，因爲沒錢而辭退傭人，每次都爲要煮出兩人份的飯菜而頭痛。但孩子沒有半句怨言，乖乖坐在豪宅裡那張空蕩蕩的飯桌前，一口接一口吃飯。

「要怪就怪你那個爸爸吧！」媽媽喋喋不休。

母子倆也曾擔心爸爸的安危，但有時收到他寄回來的旅行明信片，便知他並非遭遇不測，只不過是離開了香港……他還沒有在離婚協議書上簽名就突然離家出走，眞的讓媽媽氣得七竅生煙。

「你在學校過得怎樣？」媽媽問。

「哈哈！很有趣啊！」孩子手舞足蹈地說著。

他說故事的技巧可是很高超，經常惹得媽媽捧腹大笑，他說過自己的夢想是當「說故事家」。

他很擔心媽媽有天會不疼愛他，所以經常掛著一副討人喜歡的笑臉，不開心的時候也要強顏歡笑，只有笑著才可以令身邊的人開心。

媽媽撫著孩子的頭。

「媽……爸爸回來，妳會歡迎他嗎？」孩子問。

一提到這個人，媽媽就會露出厭惡的表情。

「人生嘛，常樂最重要，人生得意須盡歡……在苦短的時光裡，我們很難才發現自己想追求的東西。」

這是媽媽教的道理。

媽媽老是對爸爸有諸多不滿，只看見這段婚姻中千瘡百孔的一面；可能是一直後悔早婚，所以當心儀的第三者向她展開追求，色不迷人人自迷，她不免有相逢恨晚的感覺。

吃飽了，媽媽收好碗盤，電話就響起來了。

只是點淡妝，已令媽媽美得難以形容，再加上熱戀中的紅暈，眞像個雕刻出來的美人，令人驚艷。

她今晚又有約會吧……

孩子望出窗口，便看到那兩盞飛揚跋扈的車頭燈。

又是那輛跑車。

那個男人又來接媽媽出去玩。

孩子也不得不承認那男人比爸爸年輕，就連車子也比爸爸的車子好看得多。

爸爸只會揀選實用性高的車，結婚這麼多年，他也沒有讀到她的心——他以為她喜歡安定的感覺，卻沒想過她更加熱愛那種風馳電掣的快感。

人還沒長大時，只覺得汽車就是汽車，真的不明白汽車為什麼還會有ＢＭＷ、積架和國產品牌的差別……

有很多煩惱，小孩子也是不會明白的。

這一日，孩子在幾個女同學簇擁下走出學校，看到校門口停了輛轎車，再看車牌一眼，便確定是家裡的車沒錯。

果然，從車上下來的男人，就是他日盼望、夜盼望的爸爸！

「DADDY！」孩子跑過去。

「半年不見，你長高了啦……爸爸真的很想念你，今天放學沒什麼事要忙吧？今天就讓我好好補償吧……你有沒有怪爸爸？是爸爸不好。」

爸爸抱起久別重逢的兒子，和他耳鬢交接，低聲說話。

孩子牽著爸爸的衣袖，雀躍不已。

「去釣魚嗎？」

孩子隨爸爸走入戶外用品專賣店，立刻有了這個想法。

爸爸微笑點頭。

車子向郊外出發，孩子便纏著爸爸閒聊：

「爸，過去半年你在幹嘛？」

「我？我跑了十幾個國家，做了很多以前不敢做的事啊……你能想像我真的攀上喜馬拉雅山嗎？照片正在沖印，待會一起吃晚飯，慢慢跟你分享我這半年來有趣的經歷。」

「爸……無論你跑到多遠的地方，只要你還惦記著我，我不但不會怪你，還會在家裡準備床單和被子等你。」

爸爸有點訝異地盯著兒子小小的臉蛋，驚奇他居然說出這番善解人意的話。

記得有一次，兒子報告成績，一臉委屈：「我考最後一名。」趁著自己怔怔露出黯然的神色，兒子變了另一張臉，才說出眞相：「我是全年級倒數過來的『最後一名』！」由於喜出望外，自己給了他過多獎賞，事後回想起來，這兒子眞的很會說話，簡直是個「談判桌上的天才」。

過去半年，因爲離婚的事，他飽受幾乎精神崩潰的煎熬。

在這男人心目中，她一直是個甜美可人的妻子，至今他仍想不通她爲什麼要做出那種事，即使毀掉整個家庭，也要向那個壞男人投懷送抱。

由於他和妻子是在美國註冊結婚，根據那邊的離婚法，他要支付金額龐大的贍養費，幾乎就要賠掉半世得來的財富。

當他一想到離婚後的妻子會用那筆錢和別的男人風流快活，他心裡就有一股妒恨交迸的悲痛感。

諮詢過律師的意見後，他知道爭取孩子撫養權的勝算不大……這樣的話，他就等於失去人生中最重視的一切。

很久沒有和兒子一起遊玩了，這個爸爸暫時忘記苦痛，帶著魚竿和小網籠，來到風和日麗的郊區，上鉤扣餌，沿著礁岩找了個好位置，便和兒子一邊垂釣、一邊聊天。

「爸，我問過媽，她一直很想你，很希望你回家，這半年也沒有和別的男人去玩啦……不過她還在生氣，只要你買一大束玫瑰花回家，再說幾句逗她高興的話，她答應過我會原諒你的。」

這兒子口齒伶俐，一張嘴巴真的不得了，更厲害是騙人時那恍若真情的神態，要不是自己熟知這個心肝寶貝的脾性，還真的差點就完全信了他的話。

「這是你編的謊吧？」

「我說的都是眞話啊！」

孩子就是不明白，爲什麼他能騙倒其他人的演技，竟然這麼容易就被爸爸拆穿。

「你有個小習慣，當你撒謊時，你右眼的眉毛會翹起。就像這樣。」爸爸朝他做出緊皺眉頭的鬼臉，又說：「如果你改掉這個習慣，世上就再也沒有不被你騙倒的人……」

孩子吐了吐舌頭，將爸爸實用的意見銘記在心。

此時，魚竿動了動，海面出現一波波漣漪。

兩父子合力將魚釣了上來。

勝利！孩子盯著活魚在小籠裡掙扎的模樣，心頭泛起得意洋洋的快感，還做出一連串耍弄魚兒的動作。

「你看不到魚很痛苦的樣子嗎？有些魚本來是在大海裡生活，你把牠們困在小小的魚籃裡，不自由毋寧死，這不是比死更難受嗎？這是魚的天性，改也改不掉的……」

大人的話另有一番寓意，小小的心靈似懂非懂，但他依照父親的吩咐，好好將魚兒放回水裡。

在日落的灣畔，魚的鱗片映著大地的彩芒，父與子開朗的笑聲在回憶的深谷中裊繞不散。

「爸，明天再陪我看一次日落，好嗎？」

爸爸再度爲孩子的話感到訝異，這兒子好像是漫不經心吐出來的話，其實背後有難以察覺的用心。正如這一次，他是在逼自己許諾，不想又斷絕聯絡。

「嗯。」

他忍住想哭的衝動，撫了撫兒子的頭髮，然後把他摟入懷裡。

「爸爸愛你。」

這可能是最後一次見面了。

爲了不希望自己的財產被那個背叛自己的女人侵呑，他想到了同歸於盡的解決方法……

04 MISS梳起不嫁

張倩儀正在讀書。

那是本研究廣東順德姑婆文化的書。

清末民初順德一帶蠶桑業發達，舊時代的女子自食其力，爲了擺脫夫權的束縛和虐待，便在神靈面前喝雞血酒，立重誓，將頭髮梳成個髻，以示終身不嫁。

張倩儀是爲了寫論文才搜查相關資料，翻到書裡的圖片頁，覺得自己和照片裡的自梳女頗有幾分相像。

現代社會的男人愈來愈窩囊廢，就快連環保垃圾箱也不收。

女權主義崛起，新時代女性自力更生，少女也學空手道。獨身主義或者不婚的女強人愈來愈多，女人不再依靠男人養，不再受丈夫欺凌，和昔日的自梳女竟有異曲同工的相似處。

當然，嫁不出去也有「不能」與「不爲」的分別。

張倩儀長得清秀，栗色頭髮梳成條長辮，是冷艷型的女生；矢志不嫁，是「不爲」也。

「上了大學還沒談戀愛？妳又不是沒追求者，怎麼就是要求這麼高呀？」

中學時期的老同學老是問同樣的問題。

張倩儀一直都比身邊的男人強。

即使是現在認識的大學男同學，十個有九個也是吊兒郎當，天天抱著吃軟飯的態度過日子，到圖書館就只爲了把妹，與他們聊些比較有深度的話題，他們就只會說冷笑話。

她在單親家庭長大，對愛情不信任，也對壞男人恨之入骨。

尤其是那種花花公子型的男生……

偏偏系裡就有個這樣的渾蛋，因爲修讀的學科大致上相同，她想避開他也避不了。

他口甜如蜜，大受女生歡迎。每當他進來教室的時候，就會發出「腳踏十一船」的懾人光芒，系裡女同學趨之若鶩，圍住他喧鬧，爭先恐後佔住他身邊的座位。

那些無知少女和他不知廉恥地說笑，一時阿聞阿聞，一時嘰嘰喳喳、撒嬌撒痴，吵得她耳根不淨。

張倩儀轉身，向他作了個「不要作聲」的手勢。

那個叫阿聞的人卻惡人先告狀，嘴巴不饒人：

「喂，幹嘛要我們閉嘴？這教室是公共場所，妳有人權靜修，我們也有人權聊天。」

「你騷擾到我就是不對！」

「妳坐在這裡被我騷擾是妳不對！覺得我們吵到妳的話，妳怎麼不坐到前排的座位去？如果妳是瘸子，我馬上向妳道歉，如果是另一回事，一就請妳戴上耳罩，二就請妳閉嘴！」他一番話毫無停頓，歪理強過眞理，竟令張倩儀接不下去。

即使對方人多勢眾，張倩儀嚥不下這口氣，一手舉起水壺，就往他的頭上澆水。

「妳是不是少了哪根筋啊？」、「潑婦！」、「臭脾氣！」……他還沒出聲，四周的女擁護者已經大罵。

張倩儀就是要看對方撕破臉的惡相，讓所有人看清楚這個賤男人沒有風度的眞面目。

沒想到那個叫阿聞的人竟然沉得住氣，沒有半分狼狽相，臉上仍然掛著帥氣的笑容。

「大家今天有福了，可以看看我的『濕身LOOK』。她用來澆我的，是最貴的PERRIER法國礦泉水，有滋補養顏的作用。她這麼慷慨，眞的要好好謝她哩。有人說，喝PERRIER就像品味愛情，初時舌尖是甜的，到後來變得淡然無味，吐又不是，飲又辛苦……」

水珠沿他的秀髮如凝固了的水晶般墜下來，微濕的襯衫透出若隱若現的胸肌輪廓，煞是不可思議的迷人，身旁女伴看了，幾乎就要興奮得暈倒。

張倩儀頓時愣住了。

「你的臉皮眞厚！」

「厚臉皮的人才會成功。」

後面那夥官兵似的女生嘻嘻哈哈地爲阿聞鼓掌。

張倩儀說不過他，氣得離去。

那是她第一次蹺課，竟是爲了一個羞辱她的男人。

臭男人！賤男人！男人沒個好東西。張倩儀從不相信男人，亦從來不曾有男人能追求到她。

靠男人，倒不如買六合彩。這就是她的信念。

雖然彼此並沒有眞正來往，但張倩儀一直視王宇聞爲仇人，心想：「誘騙無知少女你是能手，論讀書你怎會在行？哼，你儘管玩好了，看到你留級，我一定會過來奚落你，向你借成績單來影印留念。嘿！」

她一直瞧不起王宇聞，暗暗詛咒這個人。

那門學科的期中考成績出來了，她的分數排在全班第二，但壓在她頭上的名字，居然是「王宇聞」。

連下巴也跌到胸口上了。

哪有這樣的道理？竟然敗給那個小白臉？張倩儀的自信堡壘瞬間崩潰，對這樣的結果忿忿不平。

上一個學年，她的平均分評級是「A＋」，但她知道有個神祕同學拿到全系最高的「A＋＋」評級。

原來那個人就是王宇聞。

「王宇聞？他和大學裡的女助教關係密切啊……有同學曾撞見他和某女助教在A大樓的後樓梯間聊天，以為這種事已相當震撼，隔天又在B大樓的後樓梯間碰到他和另一位女助教吃蛋糕……有門路、有情報，論文和PROJECT就有高分數。」

張倩儀聽到這樣的小道消息，一對粉拳握得格格作響。

她可是一直很努力地讀書，豈可敗給那種靠出賣色相來拿高分的傢伙？

「沒用的啦。在我們這屆同學之中，他是以最佳成績考上這個系，連校長也對他寄予厚望，當他是未來的社會棟梁。將來在這社會混，就是他這種人最吃香，我們該向他好好學習。」

張倩儀正欲寫密函向校方投訴，她的朋友卻說出不堪入耳的眞相。

這一天下課，她為了向那個小人報復，特地搭車到某個地方——

鵝頸橋橋底。

張倩儀在人形紙上寫字，寫上王宇聞和他的學生證號碼，再將那張符咒一樣的人形紙交給拜神婆。

拜神婆拿起鞋子，在那張人形紙上拍打，喃嘸喃嘸都是一連串咒罵人的言語：

「打你個小人頭，打到你有氣沒命抖；打你個小人臉，打到你全身長毒瘤；打你個小人肚，打到你嘔白泡；打你個屁股，打到你搭機有時差……」

舒服多了。

張倩儀有種洗滌心靈的感覺。

這日是適合「打小人」的吉日，持有「姑婆證」者還可享有九折優惠。

臭男人！賤男人！男人沒一個是好東西。

在張倩儀眼中，所有男人都是卑劣的低等生物。

只有一個人是例外——

就是她在網路上認識的狼先生。

□

張倩儀上網，連到大學的電子布告版。

最近她經常上這個版，因爲有個叫狼先生的愛情專家駐足，他回覆戀愛問題的觀點很有創見，總令人有意料不及的收穫。

事實上，這個布告版未經校方認可，乃是由一班滋事之徒架設，他們會發帖討論習題的答案，供人下載參酌；有時又會痛罵某某講師，教人避開「九死一生」的課；或者讓人在網上拍賣物品，搞點網上生意，連代寫論文也有價目。

其中有個專區是「狼的愛情事務所」。

找到了！狼先生留了回覆。

MIISS梳起不嫁：

我很認同妳的觀點。雖然身爲男人，我也認爲靠男人不如靠自己。

千依百順限於追求階段，理直氣壯是分手用詞。

千恩萬謝只是婚前諾言，理所當然是家務成語。

千刀萬剮也要去搞婚外情，理屈詞窮唯有簽離婚協議。

嗚呼哀哉，結婚又何苦呢？我也是無婚姻論者。

男人不娶、女人不嫁！我全力支持妳！

DR. WOLF 狼先生

張倩儀內心的沸騰像是油炸，慶幸自己找到知音。

這感覺眞好，和狼先生交流訊息，每次她都恍然大悟。

他是她唯一敬重的男人，雖然對他的眞實身分所知不詳，但她心中也有個模糊的想像，猜想他是個年約三十歲的博士班研究生，又或者更老，正値男人的黃金歲月。總之他精闢的見解流露出驚人的深度，乳臭未乾的爛男人絕不可能寫出那麼成熟的文章。

他洞悉人性，將兩性關係看得極爲透徹，並且異想天開，教人用另類有趣的方法來解決難題。

打小人這個發洩方法，也是他教她的。

每晚讀書讀到半死的時候，登入布告版看看他執行任務的報告，已成爲她的樂事。

她的暱稱是「MISS梳起不嫁」，這個名字正代表她的志向，她眞的打算一輩子都不靠男人，要做一個誓不示弱的女強人。

狼先生恰巧在線。

張倩儀心頭一蕩，馬上就向狼先生發出私人訊息，要求和他在線上聊天。

她答謝他的支持，向他略述到鵝頸橋找神婆的經過。

「到底是哪個男人這麼壞，要妳花掉那麼多錢打小人？」

「他是我系上一個姓王的王八蛋，靠臉吃飯、賄賂教職員，只會誘騙一些沒智商的無知女人。對付這種拈花惹草的賤男人，打小人這個方法眞爽，我還特別加錢，要打到他『不能人道』爲止。」

「……」

狼先生爲人誠懇，很少會用這種沉默符號。

張倩儀正覺得奇怪，心想會不會是自己的說法太恐怖，生怕會惹起對方的反感。

「抱歉，我剛剛去泡茶。」

等了一會，狼先生送來訊息，張倩儀才鬆了口氣。

坊間充斥著許多愛情專家，他們都是紙上談兵。而這位狼先生總是身體力行，直接與委託人溝通，幫他們解決案件。

「你最近有沒有遇到有趣的委託？說來聽聽喔。」

她愛泡杯紅茶，纏著他問長問短。她覺得他的工作很有趣，也從他的口中聽過不少特別的經歷，也有些蕩氣迴腸的愛情故事：

男人爲了給女人驚喜，便划船載她到某座小島，而島上有由他委託狼先生用紅色蠟燭砌成的心形舞台，然後她就在燭光中答應求婚……

罹患絕症的女孩即使住院，也要傳簡訊給暗戀的情人，鼓勵他追求苦戀多年的學姊……

有個從事色情業的女人，幹的是出賣肉體的工作，每逢特定紀念日，都會到前男友的墓地前哭一整天才回家……

老翁在老婆死後，將她的骨灰放入項鍊中，戴著周遊列國，彌補生前無法兌現的承諾……

「你說的都是眞事嗎？」

「不，那些都只是童話。」

正當她微覺失望的時候，狼先生又送來新訊息：

「不過，那些是發生在現實裡的童話。」

張倩儀一個勁兒對著螢幕傻笑。

就是他讓她相信，世間仍有許多深情的人。

聊到這裡，張倩儀想到一直積壓在心的憾事，這一刻鼓起勇氣，開口央求狼先生幫忙：

「你的事務所是否提供尋人服務？」

狼先生的工作報告中，有尋找意中人的任務紀錄，只憑著一丁點零碎的線索，就幫人找到只有一面之緣的夢中情人。

張倩儀繼續打字：

「我戶頭裡的存款不多，就只有七千多……都是我辛苦幫人補習得來。如果你嫌不夠，我再想辦法湊。」

「我要先聽聽妳的故事。」

張倩儀深呼吸一口氣，手指飛快地敲著鍵盤——

小時候，她和家人錯怪了一個男孩。

回憶中，那條狹窄的走廊充斥著大人喝罵男孩的聲音。

她那時只有九歲，但不知哪來的力氣，將那男孩推下樓梯。等她長大後明白事理，才明白那男孩所承受的巨大痛苦，眞正錯的不是他……但一切爲時已晚，她也一直找不到贖罪的辦法。

這已是很多年前的舊事，她已忘記男孩的長相，也不記得他的姓名，只依稀記得意外發生的地點，和一些牽涉在內的人物。

「這種事和愛情沒什麼關係吧？」狼先生問。

「那你就當我是隨便說說好了，我本來也不抱任何希望。」張倩儀不想強人所難。

「我大概估計一下難度，才可以報個價錢給妳。」狼先生謹慎地回覆。

事隔十多年，她也知道尋人機會相當渺茫，對別人傾吐這種事，可能只是爲了減輕自己的罪疚感吧？

狼先生只不過是個凡人，凡人就會有凡人辦不到的事。

張倩儀心想自己太天眞了，不禁嘆了口氣。

隔了兩天，她在網上遇見狼先生，卻得到出人意表的答覆：

「人可能找到了，不過收費有點特別。」

「多少？」

「免費——只要妳肯陪我看場電影。」

對方突然要求見面，張倩儀自問沒有心理準備，失了方寸之際，也喪失果斷的作風，開始猶豫不決。

不會是什麼騙局吧？他在捉弄我嗎？

也不知從哪來的信心，她願意相信狼先生。

「好的，看什麼電影？」

□

不到幾天，張倩儀打開信箱，收到一張夾在信封裡的電影票。信紙和信封也是特別訂製，上面有個充滿西式藝術感的狼形圖案，看來狼先生辦起事務所真是有模有樣。

到了約定當日，張倩儀悉心打扮。結髻淡妝，藍色仿旗袍，配搭一條長褲，她穿這種略帶古典美的服飾就是特別好看。堂堂大學生，還做出和網友見面這種傻事……事隔那麼多年，只憑那麼少的線索，狼先生又不是神仙，即使他說已找到男孩，張倩儀也只是半信半疑。但她怎麼說都不會白跑一趟，至少可以見見傾慕的狼先生一面。

她在指定時間來到約定的電影院。

那部電影的名稱叫《我要嫁得好》，眞有諷刺的意味。

雖然她早就抵達，電影票也在手，到了進場前一刻還是選擇遲到。她也不知爲什麼，可能是要見個素未謀面的人，到底有點躊躇不安。

影院裡台階上的微光就像紅色、綠色交錯的石頭。

默默用目光追逐著座位的英文字母，她來到戲票指定的J11位置。

張倩儀抬起頭。

J12是個禿頭的男人，肚皮凸出。

和這樣的中年男人連座看電影，絕對是每位少女的噩夢。

另一邊，J10的位子是空的，但J10與J11的位子隔著走道，狼先生應該不會預訂這樣的座位。

也就是說，J12的禿頭男人就是狼先生？

張倩儀並沒有卻步，反而有了鬆口氣的感覺。在她心目中，狼先生本應是個年長穩重的男人，她根本就不在乎他的長相，也不曾期望狼先生是個帥哥。

她坐了下來。

旁邊的禿頭男人好像瞄了她一會。

正期待他開口，眼前忽然出現一雙別致的鞋子。鞋子主人是個戴著珠飾的少婦，她望著禿頭男人，兩人看來是認識的。

「你是不是坐到了旁邊的座位？」婦人問。

張倩儀愣愣看著他倆換座，才知道是誤會一場，狼先生原來還沒有現身。

電影已換了好幾幕，旁邊的座位仍是空著的。

她要等的人搞不好是爽約，不是遲到。

正當張倩儀靠後一點，才察覺座位下有件奇怪的東西，摸黑扯出來，竟是個蓋著狼圖案的公文袋。

納悶下，張倩儀打開公文袋。

有隻用小手帕摺成的小白兔，還有張很可愛的祝賀卡。

DEAR MISS梳起不嫁：

這是他送給妳的小禮物。

當年那個小男孩已長大成人，現在是成績優秀的大學生。

很抱歉的是他身在外地，無法和妳見面。他只拜託我傳達口訊：

他不曾責怪妳，他早已原諒妳。他正努力追尋自己的幸福，也請妳不要輸給他，一定會有人願意爲妳披上幸福的婚紗。

狼先生

張倩儀怔了怔。

不會有錯的。當年她在走廊看到那個男孩，他正用小手帕摺著兔子。這件事她沒說，狼先生不可能知道的。

他是怎麼找到他的？

眞是令人難以置信，張倩儀將那張祝賀卡看了又看，手心中乍然傳來一股暖意，長達十幾年的心結現在終於可以完全解開。

一個心結沒了，又有另一個心結。

獨自看完整場電影，狼先生還是沒有出現。

燈亮了，影片只剩下字幕。

張倩儀沒有隨著人潮離場，卻坐在原位上呆等了一會，似在等待屬於她的結局。

空洞的螢幕上，彷彿有個狼的燈影，黑暗的背景襯著黃澄澄光圈，狼影就像玩著手電筒的把戲般忽大忽小，最後消失不見。

張倩儀明明是感動的，卻有種難以掩飾的失望。

他根本就沒答應過要出現，是她自作多情吧？

狼的行爲模式難以捉摸。

也許還是不見面比較好。

只是一瞬間的錯覺，狼先生就守護在她身邊。

她孤伶伶離開電影院，在稀疏的光影中穿梭，前往巴士站。

在某個她沒有察覺的地方，有個人偷望著她。

阿聞單手繞著二樓的玻璃護欄，搔了搔燙染過的啞銅色頭髮，恰好就摸中後腦上的疤痕。

他的後腦上有條疤痕，是小時候摔下樓梯弄成的，但他很少留短髮，所以就只有爸媽和弟弟知道他有這樣的疤。

縱使當時頭破血流，他看到樓梯上那個哭哭啼啼的女孩，竟然反過來安慰她，只怕這些事她長大後也不會記得吧？

看著當年的女孩變成亭亭玉立的女人，阿聞暗自百感交集。

一絲苦澀的微笑出現在阿聞臉上。

他的眼睛藏著很多祕密。

阿聞清楚記得。

他也曾像現在這樣遠遠望過她。

某年某月某日。

他帶著一束菊花來到墳場祭弔。

那墳場的名稱內含「永遠」二字，在此棲息的幽魂可以瞭望美麗的海港景色。

在神差鬼使之下，他曾站在遠處偷望著她，而她也是來祭弔……早在他於同一所大學與她碰面之前，他就已經知悉了她的身分。

□

「唉，我的爸爸又不見了。」

孩子的遭遇引起女同學們關注，她們圍攏著他。

整個小學階段，雖然他的零用錢不多，但會有很多女同學送他零食。他也不是白吃白喝，會用吃完糖果所剩的包裝紙摺些小玩意來逗對方高興，偶爾也會把撿來的免費品拿來送人，只要說話動聽，那些女同學往往笑得甜滋滋的，恨不得把心兒掏出來給他似的。

女人緣果然是與生俱來的天賦，他只不過是小學三年級，已學會討飯吃的本領。

除此之外，這位小朋友也很有生意頭腦。

「這是明天要交的功課。答案沒錯的話，老師是不會發現的。你開價多少？」他趁著上學時間就把作業簿寫好了，然後賣給同學。

假如軟的不行，他就會這樣「勒索」同學：「林老師的木尺有多長，你不是忘記了吧？長度是四十公分，厚度是兩公分——可是很痛的唷！你連這個也忘掉的話，回家一定又會忘記做功課，不如……」

那天，小朋友賺到三十五元。

孩子一如既往笑呵呵的，歡天喜地，心想自己年紀小小就已經懂得賺錢，媽媽一定會稱讚他呢！

也不知他是繼承了爸爸的聰明才幹，還是繼承了媽媽的社交能力，他自小就很會和女性打交道，從女性身上佔盡了便宜……

雖然校長在德育課裡教大家不要撒謊，誠實的人才會受歡迎……他卻知道，女生們喜歡的是會說話的男生，愛聽的是甜言蜜語和謊言，更勝於眞相和衷言。

他就知道做個好男人是件大錯特錯的事。

不禁又想起爸爸，孩子又是副失望的愁容，諸般不滿溢於言表，氣爸爸接連失蹤了三日，氣他背棄了對自己的承諾……心中嘀咕著，卻期盼爸爸會再度出現，等他放學。

那天放學，他跟著大隊離開學校時，竟然見到舅舅在正門等他。

——怎麼了？

——我要帶你去見爸爸。

舅舅溫柔地抱起他，帶他去白色的醫院。

這個孩子比大人所知的更要精明，他很快就猜到是怎麼回事，儘管已經卯足勁忍住不哭，但淚腺仍如崩壞的水管，洶湧的淚水很快便淌滿了小孩的整張臉。

冰冷的走廊上迎來一人，他是孩子的叔叔，他向孩子的舅舅打了個眼色，似在躊躇些事……

不一會兒，叔叔蹲下來，緊繃地笑了笑，便撫著孩子的頭髮說：「你聽著，你的爸又再離家出走，去了很遠的地方……」

「這種對白我在電視上聽過了！」

孩子不留情面地拆穿大人的謊話，然後一直向前跑，直到房內，前前後後的大人要攔也攔不住。

用來遮蓋的布被人掀起了。

孩子的爸爸選擇了自殺。

他的媽媽呆立一旁，此外還有幾個親人在場，皆一言不發。

但過了不久，本來沉寂的停屍間，忽然傳來咿咿啞啞的開門聲，來了個陌生人。

誰？

大人們你望我、我望你，沒有人認識那個人。

他的眼角也泛著淚光，明明是個感情豐富的人，聲線卻十分刻板：

「眞抱歉。我姓陳，是個律師，也是和大王相識了二十年的老朋友……我們以前都叫王先生『大王』。半年前，大王說要去攀登喜馬拉雅山，來找我立遺囑，只是沒想到，這一切都是早有預謀，他早就想好要爲某個目的了結自己的生命……昨天我接到他的電話，還有封信，他拜託我在這時候交代遺囑內容。」

躺著死者的停屍間，瀰漫著謎樣的氣氛。

律師向眾人宣讀手上的遺囑。

那是份怪異至極的遺囑，當時在場的人們人生閱歷也不淺，閱報也閱了幾十年，什麼荒唐的新聞都聽過不少，但那份遺囑之怪，竟超出所有人的想像力，彷彿滿紙都是前所未聞的神奇魔咒。

除了律師，全部的人都怔住了，孩子的媽更恨得青筋暴露，宛若露出眞面目的狐妖，用歹毒的目光瞪著橫躺在床上的死者。

繼承巨額遺產的孩子卻毫不關心遺囑，只管搖著爸爸那僵硬又冰冷的手，失聲痛哭……

請原諒爸。

阿聞，我最愛你。

爸雖然無法看著你長大，但我知道你會是個俊秀的男人，任何女人都會被你的外表和花言巧語迷倒。

爸雖然無法長伴你身邊、與你再看一次日落、偷看你踏入青春期的怪狀、帶著白頭出席你的畢業典禮……也無法成爲你人生的好榜樣。

我只想把我擁有的一切留給你，全部留給你。

婚姻是遠古流傳下來的誓約關係，本是男女之間最美的承諾。單聽到這個名詞，總會令人聯想到幸福的終點，卻不知那只是個起點，往後還有更多令人愁苦甚至萌生悔意的路，要一輩子方走得完。

我是個懦弱失敗的男人，但你不同，有了我作爲借鏡，你可以看到愛情是如何變成面目猙獰的怪獸。

總有一日，你會明白爸爸所承受的痛苦，還有我在最後時刻做出的決定……

王宇聞最近收拾舊物的時候，偶然又看到那封信。

那是他生父最後寫給他的信。

在傷痕累累的字跡中，他又找到那種淚跡斑斑的感覺。

「看來像會玩弄女生感情的男人，內心卻渴求從一而終的簡單婚姻，這種矛盾能用心理學的角度來解釋嗎？只怕連天天嫖妓的和尚也會取笑我吧？」

這番話不論向哪個女生吐露都非常管用，百試不靈。

——我的夢想就是擁有一個夢寐以求的家。

——經過勞累的一天，有個人在家裡等我回家，門鈴響起的是幸福的配樂……

一顆紅草莓的心

草莓長在蕁麻底下，四周愈多劣等的植物，
反而能夠結下更多更甜的果實。
經歷過考驗的愛情才是真實的。
草莓的花是白色的，代表純潔的意志……

05 即日愛情甜罐頭

大學中庭有個露天茶座，豎立著一柄柄太陽傘。

幾個抽菸的大學生、胡拉混扯的大學生、蹺課來吃東西的大學生……

阿聞步行穿過露天茶座的時候，以爲自己見到了個「大草菇」，揉揉眼睛，才發現那竟是個活生生的人類。

那個戴著草菇——不，髮型是「清湯掛麵」的少女一瞧見阿聞，帶痲子的俏臉霎時紅了，害羞地低著頭。

阿聞認得她是在迎新營中見過的學妹，名叫桃敏敏。闊別一段時日，想不到她變得這麼醜，想必是學業上的壓力沉重……向她打了聲招呼後，阿聞發現桌上的毛線球和棒針。

「哦。冬天快到了，妳在爲男友織圍巾嗎？」

「才不是哩！哪有這樣的事！我是沒人要，時間太多就去做義工，圍巾是織給養老院的老公公、老婆婆……他們沒人理會，很可憐的。」

「妳眞是好心腸呢。值得娶！」

阿聞隨口而出的俏皮話，竟也深具令人意亂情迷的神效，難怪有人說他平日是用蜜糖來漱口的。

「學長，別取笑我好不好？我要是這麼好，就不會直到這個年紀也沒有男朋友……」

桃敏敏的頭垂得更低，脖子耳根也紅了，差點脫口而出：「學長，你想要的話，我可以爲你織圍巾啊……」

阿聞下個時段有課，告別一聲就走了。

轉過轉角前，他回過頭，多望了桃敏敏一眼，「草菇頭」上面恍若有個天使的光環……

少女情懷總是詩。

生活在這個花花世界，看票房最高的愛情電影，聽氾濫成災的情歌，男男女女的愛情已變成一大產業，連日本史上銷量最佳的小說也是愛情小說。

愛情大過天，這是無數少女的心思。

桃敏敏很想談場戀愛。

當第一顆青春痘冒出來的時候，就正式宣告青春期來臨。她爲了長高，吃光了米缸，父母爲之動容，青春期變成暴食期，可惜長高的期望落空，變成橫向發展……加上「氣球體質」，吃多少胖多少，她每次照鏡子都想哭。

少女十五、十六歲時，第一次收到男生送的情人節禮物。那男生也藉這份禮物向她表明心意：「這是在十元商店買的鏡子，名爲『照妖鏡』！請妳照清楚自己的醜容，這輩子別再纏著我！」

二八年華，荳蔻時代，她向不少男生示愛。

大部分的回應都是：「這笑話一點也不好笑」、「我願意在精神上和妳交往」、「妳發神經病啦」、「是誰教你來恐嚇我」……

她的心已三番四次被男同學傷透……

到了十七歲的時候，她初嚐踐踏男人弱小心靈的滋味。公開試放榜，幾個曾拒絕她的男同學考不上，她打電話給他們奚落一番：「我覺得你好可憐，覺得你的前途無比灰暗。」最後以一句「祝你來年再度重考」，作爲永別的贈言。

今年她已經十九歲，青春一去不復返。

她的感情生活比漂白劑更白。

正在中學教書的表姊說過，假若在大學時期還沒開始談戀愛，嫁給正常男人的機率就很渺茫……

看著表姊臥房裡諸般桃花水晶呀、戀愛風車呀、男人臂形枕頭……等等擺設，桃敏敏極度恐慌自己會孤獨終老。

爲此，她要考上大學，徹徹底底拋棄過去的自己，在全新的地方談場連愛情小說作家也寫不出來的戀愛。

八月中，第一次踏進大學正門，向她搭訕的人正好就是阿聞。阿聞魅力十足，帥氣過人，就連某些靠臉吃飯的大明星也比不上他，桃敏敏只是正眼瞧著他便已怦然心動……

正當她對未來的大學生活充滿憧憬，以爲可以和一個個帥透的學長擦身而過……殊不知，可以入眼的早已有了女伴，不能入眼的男人比恐怖片裡的科學怪人更加嚇死人，身旁來去的都是矮腳三和歪頭四。

從大學的門檻出來，第一次有了「國破家亡，瘡痍滿目」的感慨，失望得想輟學……

後來桃敏敏曾在阿聞上課地點附近等候，可是圍在他四周的女生都有一定姿色，她失望了好一會，便傷心地走開。

桃敏敏很清楚，自己和阿聞之間的差距，就是從南極到北極的距離。

她對阿聞的愛慕也進入冰河期。

當她今天在露天茶座偶遇阿聞，又再被他的話撥動心弦，最感動的是他還記得她……茶飯不思半天，再也情難自控，傻乎乎地就來到天文學會的社團活動室。

活動室異常冷清，只有一個充滿呆氣的男子在工作桌前打嗝，正用筆記型電腦玩線上遊戲。

「請問……這裡只有你一個？」桃敏敏敲敲門。

「嗚，大家都有女朋友啦，打得火熱。我命苦，明明盯上了個不錯的學妹，一開學就被人橫刀奪愛……」

學長好沒來由地開始訴苦。

「抱歉……我其實是來找阿聞的。」

「阿聞？他不是我們學會的幹事啊。我的手機前陣子不見了，真倒楣。讓我幫妳找找他的電話號碼，妳坐下來等一會吧。」

桃敏敏坐在社團室的沙發上，隨手從桌上找些書刊翻一翻。

有一疊乍看下是講義的白紙，穿線訂裝成祕笈的模樣，封面印著「戀愛陰謀學」五個黑字，副題「桃花寶典」，作者是「狼先生」。她好奇拿起來，讀了一會，發覺裡面寫的東西很淫邪，隨即滿臉通紅。

學長慢吞吞的，隔了半晌，終於找到東西。

「有了！這裡有張阿聞的卡片，妳拿去吧。」

「狼的事務所？」

「嗯，狼先生就是阿聞。接通他的留言信箱後要說暗號，暗號是『狼先生，幾點鐘？』他收費不便宜，小心別吃虧啊。」

桃敏敏答謝後，就帶著異樣的心情離開社團室。

「這是狼的事務所留言信箱。請在此留下您深情的言語、電話號碼和心情密碼數字。禁止粗言穢語和自殺遺言。狼先生會在明天日出之前回覆。」

桃敏敏照做不誤，果然聯絡上阿聞。

早前她瀏覽過大學的網上討論版，也注意到狼先生這個愛情專家的存在，對她來說，那項「即日愛情甜罐頭」的服務特別亮眼。

「嗨，狼先生，幾點鐘？我是桃敏敏……不知你還記不記得。是不是買了『即日愛情罐頭』的服務，你就會當我的男朋友一天？」

桃敏敏覺得自己很卑賤，但她已經走投無路，不用錢買的話，她畢生都難以經歷一段轟轟烈烈的愛情。

等了半個鐘頭，就收到阿聞的回覆電話。

桃敏敏鼓起勇氣，向他說出自己的願望。

「妳想要一日轟轟烈烈的戀愛？哈！買我的服務一定沒錯。其轟烈程度，比美國的重型轟炸機更厲害十倍，保證妳魂飛魄散。」阿聞學長以愛情專家的名義擔保。

約定了時間、地點後，他叮囑她：「記得帶千五元CASH呀，我只收現金！」

沒想到……他和她的交易這麼容易就談妥了。

桃敏敏第一次灑上香水，穿裙子赴會。

到了當日，她提早十五分鐘到達約會地點，但阿聞竟然比她早到。他敬業樂業的態度令她相當感動，但他的開場白竟是向她收取現金……

狼先生雙眼都被錢蒙蔽了……這樣的約會好像一場騙局。

錢已付了，桃敏敏珍惜每分每秒，用貪婪的目光由上而下近距離凝視阿聞——他的髮間閃爍著陽光，瞳孔裡漾著秋月的淡彩，嘴唇上敷著一層蘋果皮似的光澤，襯上純白色尼龍外套——簡直就是萬人心目中的白馬王子。

幾千幾萬支紅箭，貫穿她身體的十大系統，令她墜入十公尺深的愛河。

海灘？遊樂場？荒山野嶺？桃敏敏猜了猜今天的行程，阿聞怎樣也不肯吐露，說一切由他作主。

「做情侶，當然要手牽手。今天，我就是妳的男朋友，妳可以盡情向我撒嬌。」

聽到阿聞這番耳語，桃敏敏全身的骨頭都酥麻了，心想徹夜幻想的愛情小說情節也許會成眞，搞不好會變成情色小說的情節……

以前，她以爲和俊秀的男友在鬧區逛街，路人必定會投來羨慕的目光，沒想到她和阿聞走在一起，其他人的表情充滿了疑懼和恐慌，一副目睹「怪獸哥吉拉降臨維多利亞港」的表情……桃敏敏心生自卑，感覺怪不舒服的。

又彷彿聽到旁人的竊竊私語，說她是什麼什麼星球的外星人，用洗腦的方法來俘擄地球上的男人……

這也難怪，阿聞有模特兒的標準身高，但她只有垃圾桶高度。

走完一條街，桃敏敏受不了其他人的目光，輕輕放開阿聞的手。

「妳明白了嗎？這世上的人嘴裡不說，但常常都是以貌取人。『郎才女貌』聽多了，但妳何時聽過『女才郎貌』？根據美國某權威大學的調查，就算是飽讀聖賢書的學識之士，擇偶條件的首位也是『美貌』。翻翻史書，哪有皇上會爲醜八怪傾國傾城？」

阿聞方才的所作所爲，原來就是要讓她深切體會這個道理。

「愛情和商品一樣，都需要包裝。一件商品內涵有多好，包裝做得差，也不會有人購買。我就是妳的形象顧問。想得到愛情，妳就需要『大改造』！跟我來吧！」

咔嚓！阿聞用向天文學會借來的立可拍相機，拍下桃敏敏改造前的全身照片。

按照阿聞預設的路線，在髮廊為她設計時髦的髮型，在眼鏡店教她配戴隱形鏡片，在書局買下減肥天書，在藥房購入維他命，在時裝店試穿多款裙子，在化妝品店挑選美容產品……

「哇！你很專業耶。化妝品店你也常去嗎？」桃敏敏好奇。

「哈哈，是啊。」阿聞懂得這麼多美容知識，都是從愛打扮的ANITA身上學來的。加上她擁有不少名店的V.I.P.貴賓卡，阿聞有時和她約會，也只是為了這個理由。

「老哥，你會有報應的……」和阿聞有血緣關係的弟弟總是站在ANITA那一邊，經常替她苛責他的良心。

「她是你的女朋友嗎？」桃敏敏瞥見阿聞錢包裡的合照，忍不住提出這樣的疑問。

阿聞喉頭裡發出「嗯」的聲音。

對於不希望對方愛上他的女生，他會借ANITA硬塞在他錢包裡的照片來讓對方死心。

反之，他就會換另一套說法：「她是我以前暗戀的學妹……我和她是對歡喜冤家，在畢業典禮當日，我約她出來，打算在咖啡店向她表白……等到零時十分，她也沒有出現，後來才知道她在趕來的途中遭遇不測，被那無情的司機足足拖行了十八公里才斷氣……這是我和她唯一的合照——我發誓，我會好好珍惜往後遇到的紅顏知己……」

「老哥，你會遭天譴的……」弟弟的聲音又在阿聞腦海中響起，但阿聞字「瀟灑」，別號「不羈」，根本就不會把這樣的事放在心上。

桃敏敏不知道眞相，當她看到阿聞與ANITA的合照，有種淡淡愁緒，就在心裡嘀咕：「果然……這種可愛的女生，阿聞才看得上。」

咔嚓！

阿聞的改造草菇計畫到了尾聲，桃敏敏比較兩張照片中的自己，發覺改造前和改造後眞的有天壤之別，走在街上也不會再收到「妨礙市容」的罰單了。

「這一千五百元物超所值吧？」阿聞問。

一整天的行程結束，他提著許許多多紙袋，送她回家。那些東西有令她變美的魔力，價値加起來，比她之前給他的服務費還要多。桃敏敏凝望著阿聞，既感動又慚愧，起初她還錯怪他是騙子。

「我不賺女人的錢。預先收妳的錢，是怕妳吝嗇，不肯花錢買東西。」

阿聞笑了笑，又說：「加油喔！妳要答應我，以某某女明星的肖像作爲目標，要脫胎換骨，變成漂亮的仙子。如果妳成功了，我答應給妳愛情！」

給我愛情……這是什麼意思呢？

阿聞留下引人遐思的懸念，就向桃敏敏告別了。

因爲阿聞賜與的希望，桃敏敏這一個月來，精確計算食物的熱量，又將以前曾譏笑她的男人的照片釘在牆上，咬緊牙關踩著大學健身房內腳踏機器。另外，阿聞介紹的護膚品效用非常好，再加上藥療，伊人臉上的粉刺日漸消失了。

女孩子每天漂亮一點，過了一段日子，就會變得眞的非常漂亮。

一個多月後，她減了十五磅，白皙的皮膚滑嫩無比。

鏡子令她自覺身價上升，同學的讚美令她的心情好得像孔雀開屏。

最近，桃敏敏表姊的人生觀也大變了。

爲了愛情，表姊決定擺脫道德的枷鎖，當上有妻之夫的情婦……上次見她，打扮果然豪放許多。

桃敏敏也變了。以前她會勸表姊回頭是岸，現在她只會雀躍地問表姊做第三者是不是很好玩哪……

這天，阿聞遵守諾言，約她出來，到某間可以遠眺海景的高級大酒店吃自助餐。

阿聞出現時，身旁還跟了個矮小的男人。

「向妳介紹……他叫ALBERT KAU，浸水大學天文學會的主席，也是單身人士常任理事會成員。雖然他看來沒有什麼優點，但最大的優點就是用情專一，是人見人愛的好男人……」

阿聞替兩人介紹，似乎是想撮合兩人。當阿聞第一眼看到桃敏敏，就覺得她的高度很適合矮伯裘，萬中無一，恰巧這兩人都在等待愛情，便有了作媒的衝動。

矮伯裘呆呆地看著桃敏敏，爲她的改變而驚歎。

桃敏敏一看到矮伯裘，臉上笑咪咪的，心裡卻有種憎恨厭惡的感覺。怪胎。

「說出妳對戀愛的期望吧。」阿聞曾問過她。

「我不在乎對方的長相，高矮胖瘦也不重要。只要他肯疼我，對我痴心一片，他就是我的理想對象。」以前的她曾這樣回答。

讚美和虛榮足以令任何一個女人改變，桃敏敏的擇偶標準也大大提高，只有阿聞這種條件好的男人她才看得上眼。

就在桃敏敏離席期間，阿聞對矮伯裘說：「你要我介紹女朋友給你，這次沒教你失望吧？」

「嗯、嗯……要收錢嗎？」矮伯袠拿出劃線支票，半信半疑地問。他平日飽受阿聞的捉弄，而之前經好哥們介紹來的，都是些青蛙、河馬等等疑似人類生物，所以這次見到桃敏敏，眞是喜出望外。

「每逢佳節倍思春！我知道她想要不寂寞的聖誕節，你之後要加把勁嘍！」阿聞再貪錢，這次也沒有收矮伯袠的錢。

皆大歡喜是阿聞刻意造出來的結局，「三贏」也是經營生意的最佳局面——但在感情上，「三」是個不祥的數字。

一等到桃敏敏回來，阿聞就起身。

「你倆好好談談吧！我出去拿食物啦。」

就在阿聞哼著歌兒轉身的同時，桃敏敏自他身後瞪了他一眼——那是種深懷怨懟的目光。要是阿聞注意到那種目光，他就會後悔將她介紹給矮伯袠……將仍對自己念念不忘的女人轉讓，最終一定會釀成大禍。

06 掉進垃圾桶的愛

「太陽伯伯早安！」

ANITA向著窗外呼喊的時候，已是日上三竿的正午。

她無心向學，又要向學校請假了，幸虧爸爸是某醫療大財團的董事總理，身兼副院長。上次到醫院辦公室找他的時候，她偷走了一大疊醫生證明書……

現在她的心情異常地好，如草叢裡的蟋蟀般寫意快慰，如買了張彩券般充滿期待，如哥倫布發現了新大陸般沒頭沒腦……她也不知道要怎麼形容了。

前陣子與阿聞冷戰，這幾天終於和好，雖然是她哭哭啼啼地上門投降，但阿聞也作出很大的讓步，願意將她的照片收藏在他的錢包裡。

他心裡只有我一個呢……ANITA又陶醉在白日夢之中。

反正學校去不成了，ANITA想給阿聞個驚喜，就來到大型超級市場，拿出購物清單，採購一大籃食材。

「YESTERDAY」的鈴聲響起，這是阿聞家的電子門鈴聲。她很喜歡這首音樂，第一次去阿聞家，就是這首樂曲歡迎她的到來。

出來開門的是阿聞的弟弟豐豐，他剛巧放學回來，身上還穿著學校制服。

豐豐一見是她，本來還頗高興的，但一見她手上的購物袋，臉色在一瞬間變得鐵青……ANITA還問他哪裡不舒服。

「廚房重地　ANITA禁止進入」

不知是誰惡作劇，在廚房門上貼著這張字條。

「哥哥有交代……他說廚房不是化學實驗室，也不是製毒工廠，妳要研發『地獄創意料理』的話，應該叫妳爸替妳蓋間實驗室……」豐豐委婉地說。

「我不懂中文。」ANITA想也不想，就把整張字條撕下來，她有的是超越阿Q精神的意志。

ANITA繫好圍裙，無人能阻，殺氣騰騰地衝入廚房。

「我進廚房，像個懂施法術的公主嗎？」她問過。

「妳進廚房，不是變成公主，而是變成巫婆。煮出來的食物，連蟑螂也不敢爬過。」他回答，神色相當沉重。

阿聞的話總是尖酸刻薄。不過她懂得自我催眠：他愛她，他愛她，他對未來妻子的要求極度嚴格……當他稱讚她做出來的美食時，即是表示他願意娶她……

豐豐也曾見識過她在廚房裡的破壞力，內心非常不安，想監視一下廚房裡的動靜，她又不准他偷看。

他的預感是正確的。毒煙從廚房冒出來。這已不是第一次了，他的反應比受過訓練的消防員更加迅速，馬上戴上防毒口罩，進入廚房幫ANITA收拾殘局……

家裡的電話恰巧在這時響起。

由於雙手濕濕的，豐豐不便抓起聽筒，只好按下電話上的免持聽筒按鍵。

沒想到是哥哥。

「阿豐嗎？幫我上網查一點資料。」

「哥，你在哪？今晚不如早點回家吧……飯菜很豐富……」

阿聞已經嗅到危機的氣息，語氣開始顫抖：

「今晚的飯……難道ANITA來了？」

豐豐本來不想獨自受苦，但顧念手足情深，講出了眞話。

阿聞的聲音繼續由電話的揚聲器傳出：

「麻煩你跟她說一聲，我正在大學裡趕功課，忙得快吐血啦，今晚不回來了。另外，不用替我留飯菜啦，記得要直接扔進垃圾袋裡。」

「哥……我對不起你，一時疏忽，開啓了電話的擴音鍵……」

四周的溫度突然驟降了好幾度，不知從什麼時候開始，ANITA已站在豐豐背後。出乎意料之外，她表現得相當平靜，只是目光冷森森的，用隱藏陰謀一般的語氣，對著電話的麥克風說：

「阿聞……我最近學會做蛋糕，你要不要吃蛋糕……」

阿聞渾身發抖，匆匆掛掉電話。

隨即又撥出另一組號碼，看看哪個住宿舍的朋友可以讓他借宿。

他是怕了ANITA，照她那麼說，說不定會將砒霜和麵粉弄錯……吃了她的蛋糕，搞不好會毒發身亡……

前一陣子，她刷牙時突發奇想，覺得可以把電動牙刷當成攪拌器來用，就把這個發現告訴阿聞……阿聞光是聽了，就已覺得心寒。

有時候他眞不明白，爲什麼她可以將食用材料變成非食用，將簡單的食譜看成艱深的論文。

對ANITA這種女子，連阿聞這個花心才子也無可奈何，她正正是他命中註定的剋星。

就是那個該死的下午惹的禍，他當時是個穿著制服的中學生。地鐵站那麼多，列車班次那麼多，偏偏讓他和她在同一個月台上相遇。阿聞看見那個寂寞的身影，認得她是同校的學妹，便走過去嚇嚇她，按著她的雙肩，作勢推她下去月台又拉回來。

她轉頭一望，見是傾慕的學長，竟然哭了。

然後她倒入他的懷抱裡痛哭。

一列又一列的車夾風駛過，阿聞一籌莫展，柔聲問她什麼事，她又只會搖頭，旁人還以爲他弄哭了她，紛紛投來好管閒事的目光。

「嗚……爸爸忙得沒時間陪我過生日，只將一萬元匯入我的戶頭，就當是生日禮物。家裡靜得就像墳場，新請的傭人凶巴巴的，我不太喜歡她……嗚嗚……我是個沒人疼的孩子……」

「媽媽呢？」

「她在天堂。」

阿聞認識女性朋友，從來不留地址和電話號碼，他就像一陣龍捲風，摧毀完別人的家園，然後嘻嘻哈哈地溜走。

那天，阿聞罕有地動了善心，帶ANITA回家，用五天前弟弟生日時吃剩的蛋糕，一家人爲她舉行生日會，讓她找到久違了的家庭溫暖……從此惹上芮氏地震規模級數最高的大麻煩。

自此，她三不五時就會到教室找他，藉口一大堆，但沒有一個是正常的——

「阿聞……我最近請假早退的次數太多，學生手冊裡的請假欄沒空位塡啦，你可不可以教我該怎麼辦……」

「這種事我怎會知道！」

「那你可以幫我簽名嗎？這是我爸的簽名，要仿冒並不難……」

「……妳要我做妳的共犯嗎？」

阿聞掩著臉，第一次被未成年的少女弄得想哭。

——我只要離開中學，就可以擺脫她了吧？

當年阿聞抱著這樣的想法，做人才變得輕鬆多了。

沒想到，大學開學的第一天，他回家一打開門，就看見她站在大廳等他，向他張開雙臂。

有那麼一刻，他的心臟停止了，就像碰上明明以爲已經死掉又再復活的殭屍……

「妳撬開門鎖？我要叫警察來！」

「是你弟弟不忍心有情人被上天拆散，所以就把家裡的鑰匙拷貝了一支給我。」

原來是被弟弟出賣了，他一定是無法抵擋金錢的誘惑吧？阿聞心痛得想仰天悲泣。

——噩夢，這一定是噩夢吧？

自此，她常常以女朋友身分來到他家，連他的爸媽也被她弄假成眞的高招騙倒，媳婦前媳婦後地叫她，這一點令他非常頭痛。

幾年來，他一直對她很絕情，但她一直不肯放棄，完全不怕被他欺騙感情……或許，正是這個原因，他反而不敢欺騙她的感情。

每逢吵架，阿聞永遠只會目視她的背影遠去，從來不會挽留她。之後，如他所料，過不了幾天她又會回來，繼續在他身邊死纏活纏。

在她眼中，他老是一副滿不在乎的模樣。

但是，在她看不到的地方，他又做出心口不一的事情。

阿聞正在冬日下行走，領上的圍巾就是她織給他的。

他嘴裡不說，心裡卻是頗重視她。

十二月二十二日。

那天是她的十六歲生日。

他爲她做了個蛋糕，但最後還是把那個蛋糕扔掉。

蛋糕是成功的，她看到這份禮物，說不定會感動得想哭呢。他忙得滿頭大汗，直到將烘焙好的蛋糕放入大禮盒那一刻，驀地對自己所做的事開始動搖，忐忑就像把鋸子鋸著他的心樹。

連他也不知道——

因爲他在害怕。

他在害怕無法回報她的愛……

同一時間，ANITA繼續在廚房裡切菜，就像渾然忘了過去半個鐘頭內發生的一切，包含阿聞那些傷透心的話。

她就這樣一言不發地切菜。

兩星期前是她的生日。雖然沒有向阿聞明示，但她早已暗示過不下十遍。結果，他做出令她相當失望的事，沒有禮物還可以忍受，遲到半天就是不可饒恕，最後更是沒有出現，害她白白等了一晚。

事後，他這樣解釋：

「生日年年都有，妳明年又不會死，少送一份也無所謂。」

「如果不幸發生意外，我遭遇不測呢？」

「就算妳進棺材，我也可以燒禮物給妳。」

那個晚上，她離開他家，整夜都在街上走，一路哭，一路恨他……

馬鈴薯已連皮被剁成稀巴爛。

假如那是哥哥的臉……門外的豐豐呆呆看著她切菜的模樣，毛骨悚然的感覺由眼睛傳到尾椎，好不容易才忍住不發出聲音。

ANITA口中發出喃喃唸咒般的聲音——

「我要離開他、我要離開他……」

但她從來都做不到。

就像剛剛過去的聖誕節，她和他冷戰，一直在等他的電話，心想這次一定要他磕頭認錯。手機卻沒出現過他的號碼。朋友約她去玩，她也婉拒了，因爲她怕阿聞會突然打來找她。結果阿聞沒有找她，害她整個聖誕節假期都在一片愁雲慘霧中度過。

一想到他可能正在和別的女生約會，眞是心痛死了。

又想到一旦屈服，冷戰時打出第一通電話，她就要做這場干戈的賠償國，割地求和，任人奚落。

最後，她決定用突擊戰術，買一罐曲奇餅造訪，其實是帶件武器上去，效法荊軻刺秦，只要阿聞擺出臭架子，她就一定會用硬邦邦的曲奇餅罐扔死他。

但是，當她看到阿聞戴著她織的圍巾，頃刻間又被他深情的目光融化了。

「妳眞厲害，可以用毛線編織出『禾稈草』的效果。」

他的嘴巴仍然很壞。

他對她的態度也是時好時壞，全因爲他，她的情緒經常好像在坐雲霄飛車。

「爲什麼他要這樣欺負我！」

想到悲憤處，她一手將菜刀擲了出去。

只差幾寸就劈中自己了……門外的豐豐嚇出一身冷汗，雙腳也不停顫抖，擔心ANITA眞的精神失常，接下來不知會做出什麼傻事。

忽然間，ANITA大哭起來。

豐豐正想過去安慰她，卻發覺她眼神有異……還沒有開口，她就猛力搖晃著他的肩頭說：

「豐豐，待會兒你有沒有空？可不可以陪我到公園練習扔飛刀和擲果醬瓶……」

「……」

當晚，一張飯桌團團坐著四個人，一家人只少了阿聞。

阿聞的爸媽看見ANITA臉頰上的淚痕，又看著飯桌上的飯菜，遲遲不敢動筷。

她的心情很差，這頓飯弄得一塌糊塗。

雖然很難吃，但至少是人類的食物，小康之家知足常樂，也不敢再有過高的奢求……豬排是齒輪狀，麵條有冷有熱，馬鈴薯有皮，傳說中的神戶牛柳居然是臭豆腐的味道……

「阿聞做了什麼對不起妳的事嗎？他一回來，我會幫妳教訓他……」

「沙拉眞好吃！一點也不輸五星級大廚！」

「爸，沙拉是買回來的……」

媽媽、爸爸和豐豐你一言我一語，還是無法逗得ANITA破涕爲笑。打過電話給阿聞，但他關掉手機，僥倖逃過一劫。

晚飯過後，ANITA死賴不走，幫忙做家事，到了無事可幹的地步，便板著臉孔在沙發上發呆著。

「豐豐，阿聞這麼晚還不回家，我很擔心啊……」ANITA擔心的是阿聞是不是有了別的女人。

「不會的。哥哥經常不在家睡，妳不用爲他擔心啊……」豐豐會錯意，話一出口，才知道

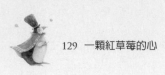

自己說錯話。

晚上十一點，狼仍未歸家。

ANITA仍鍥而不捨地等待。

豐豐知道她這麼苦等，除了出自一股比陰魂厲害百倍的怨念，也是因爲她相信只要老哥一回來，就一定會送她回家……老哥在這一方面的確很有紳士風度。

「晚了，妳該回家了。」

「不，見不到阿聞，死也不走。」

聽到這個傻女孩如此賭氣的話，其他人也莫可奈何。

阿聞一家勸不了她，便改勸她不要回家，在阿聞的床上睡一晚。

ANITA用力點點頭，然後從背包裡取出睡衣，一家人頓時都愣住了，實在猜不透她怎會把這樣的東西帶在身上……

躺在阿聞的床上，讓她覺得很了不起，他日被人問及兩人的關係時，她也可以言之鑿鑿地回答：「我可是在阿聞的床上睡過的……」枕頭上有阿聞的氣味，ANITA得不到他的人，也要得到他的枕頭。

折騰了一整天，她睜開幾次眼，就墜入夢鄉。

夢鄉中，他和她仍在同一所中學唸書，因此有了她纏著他的情景。

當時每逢下課和午休，她都會到中七生的教室找他。每次她到了，阿聞的同學都會替她傳話，叫聲中有取笑的成分：「阿聞，小妹子來了！」阿聞覺得沒面子，想大腳踢走她這個「麻煩茶壺」，常常向她說出難堪的話。

女孩子主動示愛，免不了會被人家閒言閒語。

但她不害羞，她不在乎別人的看法，她要爭取自己的幸福。

□

某天，外面是黃昏的瀑布，她在走廊上默默追著他的影子。

「爲了你，我身敗名裂了……」她淚如雨下，將過錯推到他身上。

「那妳要我怎樣？」阿聞最怕負責任。

「我擔心嫁不出去啊……」

「放心，妳條件這麼好，想娶妳的男人一定排滿青馬大橋。」

「要是眞的沒有呢？」

「要是眞的沒有——我就勉爲其難接受妳吧。如果妳到三十歲仍是孤伶伶一人，機緣巧合下我身邊又沒有伴侶，那時候我又有錢又有屋可以養妳的話，我們才在一起，好嗎？」

阿聞發揮「甜言蜜語大宗師」的本領，隨便用一番話打發走她。他沒有騙她，也無意娶她。因爲對他來說，身無伴侶是不可能發生的事。諾言的先決條件未達成，就沒有必要娶她。

ANITA滿心盼望，天眞地相信他所說的話，一直爲結婚這夢想而奮鬥……這當下夢到阿聞出現，睡臉上便是一廂情願的傻笑。

「阿聞，原來十六歲就是合法的結婚年齡……眞想快點到那天喔……」八字還沒一撇，ANITA卻不時向他催婚，只等他有所表示。

「妳跟我提這種事幹麼！」阿聞火大地說。

「你會怎麼向我求婚呢？眞期待呢！」ANITA自然流露出幸福的神情，繼續自言自語。

……我是何時成了她的男朋友，怎麼連我自己都不知道……阿聞知道再說也是枉然，已到了懶得和她爭拗的地步。

阿聞當時存心欺騙她的諾言，想不到會令她充滿希望。

「那你會怎麼向我求婚？」

「我不會和任何人結婚。」

「為什麼?」

「因為爸爸不准。」

「騙人!」

為什麼男人總是這樣,不再珍惜已得手的女人……

ANITA在夢中淌下一滴眼淚,現實中的她也在阿聞的枕頭上留下淚跡。

明知喜歡一個不疼惜自己的人會很辛苦,但每一刻當他稍微對她好一點,她又感動得想哭,覺得這就是幸福。

縱使知道會被他傷害,縱使得不到想要的承諾……只要可以留在他身邊,她不介意受到任何委屈,哪怕他總是千方百計趕走她……

如果沒有時間限制,她願意一輩子留在他身邊。

如果沒有時間限制……

□

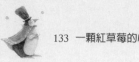

孩子的媽和她的情人在屋裡，商量一些事。

兩人抽了幾根菸，也沒開始對話，你望我，我望你，滿心的哀愁，桌上是瓶空得見底的紅酒。

直到菸味瀰漫大廳的時候，才有了第一句話：

「喪禮呀、披麻戴孝呀這些好戲都做完了，之後妳打算怎麼辦？」

情人一邊說話，一邊搖動著杯裡紅紅的液體，輕輕啜了一口。

她丈夫在世時，她就知道他在幾個國家也有銀行戶頭，那些存款和投資總額加起來，即使這輩子開始揮霍，下輩子也未必花得光。

現在，她可以碰到這大屋裡的一切，卻碰不到那筆以億為單位的財富，感覺眞是相當無奈。

無處出氣，她和情人只好互斟互酌，一杯、兩杯、三杯，喝光亡夫生前收藏的紅酒。

「還以為他回來了，就可以逼他在離婚協議書上簽名……沒想到他做得這麼絕。」

明明只要離婚，她就可以拿到數目驚人的贍養費，再不然分居了一段日子，也可以向法院訴請離婚……

「看來他相當愛妳呢，要不就是相當恨妳。沒想到會有這種人，他連性命都豁出去了，遺囑裡沒有半個字提到妳，死也不願賠一分錢給妳風流快活。」

「明年掃墓，我只會燒一些蚯蚓蜈蚣給他！他對我刻薄，我也不會讓他好受！」

大白天，兩人無所畏懼，不停在說死者的不是。

那份遺囑的內容雖然荒誕，但在法律上有效，其真確性也無可置疑。主要條文中，兒子是唯一的合法繼承人，當中雖然有備註，已經是與切身利益無關的小事了。

「妳打算怎麼辦？真的沒辦法拿到錢嗎？」

「不知道！那該死的遺囑！連數學公式都有耶！」

孩子的媽捻熄了菸頭，氣憤地說。

縈繞在她腦中的，仍是當天律師朗讀遺囑的聲音——

「本人指定弟弟王安杰為遺產託管人。

「本人將本人名下的全數財產，包括一切不動產及可動產，以特定條件遺贈本人的獨子王宇聞。

「特定的條件，其一：遺產繼承人每年可以申領的金額，將相當於他西曆歲數的四次方，以H幣結算。

「特定的條件，其二：直到遺產繼承人年滿三十歲，才可以接管本人在ＸＸ銀行保險箱裡的遺物。

「特定的條件，其三：獨子王宇聞一生不可結婚，否則將失去遺產的繼承權，遺產將全數捐獻給慈善機構。

「本遺囑經余等人在場見證，經遺囑人認可後，由公證人、見證人，以及遺囑人同行簽名，依照本土法例之規定，予以公證……」

這男人果然不想讓妻子得到分毫遺產。

不過，根據遺產法，即使死者在遺囑內指明將財產全歸一個人，但死者的配偶也可向法院申請從遺產取得合理數目的供養費，維持日常的生計。

可是，與贍養費和離婚所分得的房地產相比，這筆供養費只是小數目，勉強能過豐裕的生活，但就此與暴富奢華無緣。

「那個王八蛋……他顯然是諮詢過律師的意見，這也在他的計算之內。」孩子的媽吐出一口煙圈。

奇就奇在遺囑的第三點：一個爸爸居然不准自己的兒子結婚。

「他是怕兒子遇人不淑吧？一旦離婚，就要分家產了……說穿了，就是不想兒子重蹈自己失敗的人生。」情人提出他的見解。

明明至少一億的財富快要唾手可得，現在沒了指望，與巨富擦肩而過的感覺眞是難受。

按照歲數來計算每年的申領金額，只要是稍懂數學的人，就會明白當中的奧妙：

孩子今年是八歲，能領取的遺產的數目只有四千零九十六元。

但是，隨著年歲的增長，申領的遺產以四次方級數竄升，二十歲時能領取十六萬元，三十歲時能取走八十一萬元，到他五十歲的時候，金額將高達六百二十五萬元！

「今後妳可要做個好媽媽，要是兒子長大，對妳稍有不滿，妳就連吃飯錢也拿不到囉……」

這情人也不得不佩服她亡夫的手段，雖然他在感情上糊塗，做起事來卻一點也不糊塗。

兒子就在她身邊，單憑這小孩的歲數，拿到的錢只有幾千塊，眞的連去趟像樣的旅行也不夠。

就像隻會下金蛋的鵝，明明近在眼前，卻無法馬上宰了牠。

「環遊世界的夢想就要破滅囉。」

在情人的懷抱中，他向她耳語允諾，訂好了周詳的蜜月計畫，用她本應得到的贍養費周遊列國，過著神仙美眷般的生活。

如今，全盤計畫落空。

最近失業，他之前又欠下一屁股債，實在是捉襟見肘，幾乎天天都爲未來發愁。她的錢也不夠花，像從前那樣無節制地吃喝玩樂，眞是門兒都沒有。

兩人挖空心思，就是打那大筆遺產的主意，看看有沒有鑽漏洞的可能性。

她的情人壞到骨子裡，但他的魅力令她無從抗拒。她的心、她的身體，對他的話言聽計從，不理世俗，愛得天翻地覆。

她不想失去這個男人。

女人一旦被愛情蒙蔽了雙眼，再歹毒無恥的事也做得出來。

情人歹念一動，眼中出現異樣的神采。

「我有個主意……妳想聽嗎？」

07

長情企鵝的絕種

知道嗎？

對人類來說，一夫一妻是很普遍的事，但在廣大的動物王國裡，眞實存在的例子可說是絕無僅有。

企鵝是一夫一妻制的嚴格執行者。

雌雄企鵝相互保持忠誠，恩愛得令人艷羡。

雄企鵝更是負責任的好丈夫，當雌企鵝下蛋後，牠會寸步不移扛起孵蛋的重責，然後和伴侶一起照料小企鵝。

在數以百計的企鵝之中，只憑遠遠的叫聲，企鵝夫妻也可以找到對方。

當其中一方死去後，另一方會痛不欲生，更會做出殉情自殺這種傻事。

即使在南極，也有忠貞不渝的愛……

本來像矮伯裘這種男人，桃敏敏是絕不會看上眼的。

當天相親飯局，矮伯裘大方請客，她瞧見他手上那張白金卡，才知道這個貌似企鵝的男人不簡單，原來是個大少爺。

後來，不出她所料，他編了個很爛的藉口，晚上打電話找她。這個矮伯裘把妹的招數並不高明，經常緊張得口齒不清，嘴唇和舌頭打架，完全答非所問。

桃敏敏聽了他的冷笑話，很勉強地笑了。

有一晚，矮伯裘忽然打電話來，神祕兮兮的，叫她走出陽台，望向樓下——底下有個用石頭砌出的心形圖案。他送來簡訊：「南極企鵝求愛時，會潛入深海中，找塊石頭，作爲求愛的禮物。然後會把這塊石頭放在心上人腳邊，求對方接受自己的愛。」

桃敏敏初時是感動的，納悶矮伯裘怎會想得出這種浪漫點子，追問下，他就老老實實回答：「這是阿聞教我的點子。」

那石頭就成了戀愛的里程碑。

桃敏敏不但給他機會，還答應做他的女朋友。

以前她很重視戀愛對象，現在有沒有眞愛也不要緊了，只要他有含金量。

約會期間，他想不到有什麼地方可去，她便提議上他家，表面上是爲了休息，眞正目的是調查他衣櫃裡有沒有保險箱。

一看到他睡房裡那張大床，她低喚一聲「好舒服」，就躺了上去。

矮伯袤想入非非，要喝兩大杯冰水來降溫。

當他想有不檢點的舉動，桃敏敏就會說：

「噓，別說話。」

她默默在他的床上躺一會，留下一陣香味，由他胡思亂想，深信他今晚睡了也會作綺夢。

——這是她從那本「戀愛陰謀學．桃花寶典」上學到的技巧，月前她悄悄從天文學會的社團室取走這本祕笈，就無法自拔地學習筆記中勾引男人的手段，並應用在矮伯袤身上。

「喂喂，你嘴角上有飯粒。」隔著紙巾幫他抹去嘴角上的飯粒，隔著一層薄紗的肌膚相親最是刺激。

「今晚你會夢到我嗎？」告別時，她爲他帶來無窮的遐思。

「嘻，請你吃的。」對於有口臭的男人，她會請他吃口香糖。必要時會送對方漱口水，免得自己受苦，又表現出溫柔賢淑的一面。

「我錢包裡有藥水繃帶。」每當他身上有傷口，她比他更緊張，並非眞的關心他，而是怕他會有愛滋病或B型肝炎。

颳大風的時候，她還要故意穿裙子，當裙子被吹起時，要自然露出挑逗性的笑容。

矮伯裘已被愛情的蜘蛛網纏住了。

桃敏敏翻開祕笈，作出評估，發覺自己的「吸金大法」已練到第六級，離大功告成之期已是指日可待。

蠢男人也有腦袋，她不可以表現得太貪心，就像在他身上插入吸管，慢慢吮光他的「水分」，直至他山窮水盡。初期上館子，她還小心翼翼，要裝出心疼他付錢的樣子；到後期，她每次上街都不用帶錢。

她最大的犧牲只不過是一個吻，但她挖到他的心，也挖到他的提款卡，說到底，她要的不是他的山盟海誓，而是他的金銀財富。

月底的時候，她的戶頭多了十萬。

心想差不多了，桃敏敏要結束這場遊戲……

矮伯裘彷彿作了場夢。

一直沒有戀愛運的人生，直到二十歲，少男終於步入春天——桃敏敏是他的女朋友！這是多麼令人難以置信的事實！之前他的青春，彷彿都在南極洲度過。

整個聖誕節，他每晚都在電話旁和她聊天。

在這個社會，「好男不讓女請」是金科玉律，不想請客的男人就別想把妹……他第一次遇到這麼好的女子，未答應做他的女友之前，她已經搶著付錢。回想他以前認識的女人，都只是一隻隻高傲的波斯貓，他要另付「嘔吐清潔費」，她們才肯和他同桌用餐。

以前他總是愛向朋友大肆吹擂，要是他有了個女友，他就會對她怎樣怎樣嘿嘿嘿。現在他有了桃敏敏，竟然覺得她聖潔得有如天仙妹妹，不可侵犯、不可褻瀆、不可拒絕……他的思想轉成古墓派，會爲自己立下十戒，她說結婚前守身如玉，他就連每次握手前也會自我消毒。

走過珠寶店的時候，桃敏敏眨眨眼，有所暗示：

「給你個謎語：有件東西很硬，愈大的話，女孩子就愈喜歡。結婚前喜歡，結婚後更喜歡……你猜是什麼東西……我想要喔……」

「唔……」

矮伯裘思考了很久，還是想不出答案，又擔心答錯了會被掌摑，便打電話向阿聞求救。

「答案是鑽石啊！」阿聞對這種謎題很拿手。

叮！腦中彷彿出現問答比賽中的按鈴聲！矮伯裘立刻明白桃敏敏是暗示想要鑽石戒指。

「要怎麼做，才能讓女人最感動？」他繼續徵求阿聞的意見。

「你問她的銀行帳號，定期存錢給她。」阿聞以利字當頭的角度作爲思考的出發點。

天文學會的兄弟們，也對矮伯袠的戀情議論紛紛，認爲他這次可是大投資，連求婚戒指都買好了。

「桃氏企業」是大家內部對桃敏敏的祕稱，看著矮伯袠瘋狂迷戀，大家都認識到愛情原來很昂貴，女人有如股份有限公司，各大男性財主競相投資，就是想擁有最大的股權，不斷有人買股，亦不斷有人沽貨……

雖然大多數人覺得「桃氏企業」的實際價値比其估價爲低，但矮伯袠堅信其發展前景十分可觀，還以家族的名義發誓，傾家蕩產也要奪得「桃氏企業」的百分之百擁有權。

矮伯袠說得到做得到，無論她要求什麼，金條、燕窩、手機等他都願意爲她刷卡。他對桃敏敏說：「妳是上天頒布的一級受保護愛人，也就是說，我會一輩子保護妳這個寶貝……」

可是，桃敏敏沒有感動。

矮伯袠愈對她好，她愈是得寸進尺。

連續一星期，桃敏敏都和中學同學出去玩，一通、兩通、三通電話，她不是說還走不了，就是說計程車還沒到；最後電話接不通、手機沒電和收訊不好，就是她常用的藉口。

一個、兩個、三個鐘頭，矮伯袠爲了她幾個晚上都睡不好，等到通宵達旦，竟發覺頭上多了幾根白髮。

「ALBERT，我昨晚看到你女友和異性朋友在一起。」

這種事矮伯裘可以忍受。

「然後，我瞧著她上了那男人的車……那個傢伙開車前，還到便利商店鬼鬼祟祟買了些東西呢……」

矮伯裘忍無可忍，在暴怒下打電話給桃敏敏，和她吵了起來。

「你在吃什麼牌子的醋？」

「我是妳的男朋友，所以有資格吃醋吧？」矮伯裘傷心地吶喊。

「SORRY！你可以吃蘋果醋、山楂醋、金桔醋，就是不可以吃我的醋。我從來不曾當你是我男朋友，自始至終，我只當你是件玩具。」

「妳接近我，是爲了我的錢吧？妳知道嗎，爲了討好妳，我花光了所有積蓄，淪落到每天吃麵包？」矮伯裘一字一淚地說。

桃敏敏靜默了好一會，本來有點心軟，但想到最近一次中學同學聚會，幾個以前遙不可及的男同學也紛紛追求她。當她拿出和矮伯裘的合照，就聽到很多比喻：一朵鮮花插在牛糞上、美女與野獸、癩蛤蟆想吃天鵝肉……

她想得清清楚楚，一狠心，就要和他分手。

「對，自始至終我都不曾喜歡過你。我會和你一起，只是因爲阿聞——他這種人物我才看得上眼。美女和野獸是沒有幸福的，你到底明不明白？」

她是故意提及阿聞，凸顯兩人之間的差距，好教矮伯裘完全死心。多虧她，連累阿聞被人誤會——矮伯裘以爲是阿聞指使她來親近他，卻沒想過她所指的只是阿聞做媒人的事。

分手後，矮伯裘曾嘗試挽救這段感情，在公園等了半個寒夜，又哭又喊地扯住她的腿求她不要走。

但桃敏敏心如鐵石，又豈會爲情所動？他被她拖地滑行到公園出口，磨爛了襯衫，黏到了狗糞便，也無法使她回頭。

情人節一整天，他都呆在電話桌旁。

這是暗戀中和失戀中的人最常逗留的地點。

一切，果然只是場夢。

令他痛不欲生的，不是銀行戶頭損失了多少錢，那都是心甘情願的，而且可以計算……真正無法計算的是感情上的傷害。

他用求愛時所剩的石頭，砌出戀愛的墓碑。

那段日子，他不是淚流滿面，就是像殭屍那樣繃著臉。

矮伯裘向天文學會裡唯一單身的同伴傾訴，對方猛地叫了出來：「我想起來了！當初桃敏敏來到社團，就是爲了找阿聞！他和她之間可能有曖昧的關係呢！」

阿聞——這名字是他的死穴。

一、桃敏敏是阿聞介紹的。

二、這對狗男女之間有姦情。

三、阿聞曾教他定期存錢到她的銀行戶頭。

初步證據成立。

原來，眞相是——

「阿聞串通女人來騙我的錢！」矮伯裘妒火中燒，沒有調查清楚，就將所有罪責推到阿聞身上。他再打電話找朋友傾訴，加油添醋，說了很多關於阿聞的壞話。

「賣友求榮！天底下豈有如此喪盡天良之事？」其他朋友伸出拳頭，仿效武俠小說裡的腔調發言。

一傳十、十傳百，天文學會的人全站在他這一邊。

愛情事業蓬勃的男人難以兼顧友情，而失去愛情的男人最容易得到友情。

博取同情並不是値得自豪的手段，但無論用什麼手段，矮伯裘都要報這個仇。

這是弱小的他唯一可以復仇的手段。

□

桃敏敏說是爲了答謝恩情，約了阿聞午餐。

前陣子吃了ANITA弄的壽司，阿聞的確有些陰影，現在看到牆上的餐飲衛生安全牌照，不由得安心多了。

「給你看樣東西……別吃驚啊。」

桃敏敏將銀行存摺放在桌上。

阿聞對這類物品特別敏感，條件性反射拿起來看，看到存摺裡的全額時，他有一種由第三世界走到發達國家的感覺。

慢著……他突然發現所有的錢都是近月存進的，便大概猜到是怎麼一回事。

「妳爲什麼要這麼做？」

「是你教我的。」

桃敏敏笑咪咪地說。

阿聞還沒理解她的意思，只見她從皮包裡取出一本簿子，正確來說是自製的線裝書。阿聞一眼就認出來了，那就是他親筆著述的「戀愛陰謀學・桃花寶典」。

「孔明借箭——先接近眞正目標的朋友，只是借他作爲踏腳石，得到足夠的好處，再投入眞正愛人的懷抱……我就是用這招來對付矮伯袠，果然很成功。」

阿聞搖頭，又搖頭，再搖頭。

「錯了！妳走火入魔了！這些東西妳不該看……妳已經變成賤女人了！」

「如果我是賤女人，那寫出這些東西的你又是什麼人渣？」

「用手段得到的戀愛是不會幸福的，這是寫在扉頁上的警告語，妳沒看到嗎？」阿聞語重心長地說，「這份筆記不是給女人看的。我寫出這些心得的原意，只是要教男士們如何辨別眞愛，如何提防貪得無厭的賤女人！」

阿聞開宗明義寫在扉頁上的警告字句，桃敏敏不是沒看見，只不過筆記所載的拈花摘草之術誘惑太大，加上短期見效，她便將那些騙男人的技巧學以致用，倒行逆施，走上了歧路。

阿聞大感懊惱，有種被自己教出來的高徒捅了一刀的感覺。

「無論如何，我都要讓你知道，爲了你，我什麼都肯做……」

桃敏敏一直認爲自己沒有錯。

她將桌上的存摺往前推了一點。

「妳覺得用錢買得起我嗎？」阿聞問。

「你當愛情專家不是為了錢嗎？聽說你最近生意不太好，經常缺錢用。」

的確，阿聞每天都為錢煩惱……

他伸手拿起桃敏敏的銀行存摺，將之撕成兩截。

「我很貪錢沒錯，但我賺的錢，都是別人心存謝意給我的。妳看錯我了，我也看錯妳了——妳說過只要有個男人好好呵護妳，妳就會對他一心一意——以前的妳比現在的妳漂亮多了。現在的妳醜得很。」

阿聞放下一張鈔票，便頭也不回地走了，只留下一臉懊惱的桃敏敏。

「王宇聞，我要你記住，女人一旦得不到渴望的愛情，再歹毒和無恥的事也做得出來……」

她在嘴裡嘀咕，但他已聽不見了。

因為還沒吃飽，阿聞來到學校的餐廳，在那裡他碰見了天文學會的人，矮伯裘等人正以不尋常的目光緊緊瞪著他。

阿聞知道逃避不是辦法，便抱著隨遇而安的心態，雙手扠著褲袋一晃一晃地來到飯桌旁，若無其事地和眾人打招呼。

現場氣氛仍然不太對勁。無人開口。

矮伯裘咬著下唇，將苦澀含在口裡。

「ALBERT，你不高興嗎？我免費讓你打我十拳，好嗎？」阿聞開玩笑，卻被誤會是譏嘲。

「這麼便宜嗎？」旁人冷言冷語。

阿聞不語。

他從來不會爲自己的行爲解釋。

打破沉默的僵局，矮伯裘終於開腔：

「聞大俠，我和你根本沒得比，我比不上你。你說話風趣幽默，每一句話都是糖衣砲彈，逗得女生歡喜，愛上你呀。我呢——只會說粗俗的爛笑話，女生當我是小丑已經很給面子……你們心自問，你有當我是朋友嗎？還是只是個好騙的小孩？」

阿聞無話可說，桃敏敏是他介紹的，她的招數也是學自他的祕笈，加上他平日總是一副利慾薰心的樣子，自然引起很大的誤會。再者，最早的時候，他就察覺到桃敏敏對自己微微的情意，只是不想惹上麻煩，便將這個燙手山芋交給好友矮伯裘……整件事，他責無旁貸。

「原來你才是『桃氏企業』的幕後大股東，操縱著一切。嗚……我恨你，你不得好死呀……」

矮伯裘一邊抹眼角，一邊訴說，聲音像鴨子叫。

如果是平時，阿聞一定會譏笑他：「不得好死？哈哈，你在說粵語黑白片裡的對白嗎？」但，這個時候，他笑不出來，只是朝矮伯裘走近了半步。

「你還看什麼？人和錢你都到手了，還不快滾！」有人推了阿聞一下。

阿聞唇上有種苦瓜的味道，仍是沒有答話。

「看！這是你最想要的錢！」矮伯裘由錢包取出一大疊紙鈔，向阿聞的臉上大力一擲。爲了增強這一擊的效果，矮伯裘特地將剛到手的零用錢從銀行提出來，全數兌換成紙鈔。

——用錢擲向仇人的感覺實在太美妙了！

紅紅綠綠藍藍紫紫的紙鈔在半空中飄揚，散開，又再徐徐落下，彷彿一切不是眞實的，眞鈔只是紙錢，人生也正如演戲。

這場風波已引起餐廳裡所有人的注目。

出乎所有人意料地，阿聞俯下身子，逐張拾起地上的錢。眾人面面相覷，有的以爲他厚顏無悔，鼓譟起來，差點就想向他吐口水。

阿聞將鈔票疊得整整齊齊，妥放在飯桌上。

「錢是無罪的。有罪的是人。」這是他內心的想法。

矮伯裘感覺上還是輸了，眼圈泛紅地說：

「阿聞，你從未試過眞心喜歡一個人，你根本就不會明白我的感覺！我ALBERT KAU對天發誓，當你有了眞正喜歡的人，終有一天我會對你報復的！」

阿聞一言不發地離去，離開了那群曾是他朋友的朋友。

閒時向他們逞威風，胡扯一通，討論校內的正妹美眉；一打啤酒喜相逢，豬朋多少事，都付笑談中！逃學蹺課去鑽研國粹，搓完麻將再吃火鍋……在學校預約研討室連接投影機看戲、在海邊灌醉剛失戀的哥兒倆，生活雖頹廢，卻很有意思……這是他一直嚮往的大學生活吧。

他的瞳孔很灰，灰得像口絕望的井。

深邃而憂傷，藏著一顆孤獨的靈魂。

08 STRAWBERRY HEART

阿聞把「狼的事務所」關閉了。

他在網上貼出一封公開信，正式公布「狼的事務所」結束營業的消息。

嘿！阿聞自嘲地苦笑。

也許他不該把愛情當作生財工具，尤其現今男女關係薄弱，聚合離散只是這一秒和下一秒間的事，而他竟然天真地意圖竄改愛神的劇本，想用人力來左右別人的戀愛決定……

狼先生做的是好事還是壞事，連阿聞自己也無法判斷。

中學時也曾發生這樣的事，朋友追求的女生迷戀上他，阿聞是無辜的。可是人家剛剛失戀，氣憤難平，只會將所有罪名推到他身上。

堂堂大男人，竟在公開場合落淚，矮伯裘定必定很難過。

其實阿聞可以解釋。

但他討厭解釋。

誰教阿聞是個我行我素的人？

他的理念就是：男人做事，是不需要解釋的，被人誤會了，便讓人誤會，就算不能澄清，這也是命中註定。

以後回到學校，與天文學會的人碰面也會礙眼吧？他已成爲他們的眼中釘，幾天前還好端端的友誼，竟會弄到反目成仇。

這星期的課，他沒有心情回去，決定蹺課。

阿聞不想面對任何人，便躲在遊戲機中心裡，投進代幣又輸，輸了再投代幣，沒完沒了。直到口袋裡一毛錢也沒有，他才停手。

離開遊戲機中心後，在街頭閒蕩，阿聞裝作蹲下來繫鞋帶，其實是偷望背後那戴帽的男人。

阿聞想到一個圈套，就從單肩背包裡取出白紙。紙上沒寫什麼，但他煞有介事地讀了一會，然後將白紙捏作一團，拋向路旁的垃圾堆，還故意拋歪到地上。

接著，阿聞走到馬路對面的商店，繞道到上層，透過二樓的玻璃窗偷偷觀察街上的動靜。

亦如他所料，戴帽的男人將自己剛扔下的廢紙撿起。

再無置疑，阿聞肯定那人在調查自己，便走到對方身後，拍了他的肩頭一下。

正想向那男人問話，男人卻慌慌張張地溜掉了。

「想不到，連眞正的私家偵探也出動了……」

阿聞發現自己最近被人跟蹤，對方的技巧很專業，要不是偶發性事故，自己也不會察覺。

阿聞猜想他們的目的是搜集不利自己的隱私，調查他有什麼見不得人的事。

網路上有幾個知名的公眾論壇，也出現了攻擊阿聞的言論：

「我的朋友有怪癖，單身女人不要，專愛搶人女友……」

「現代西門慶，美麗的校園淪爲色情場所……」

「世紀大賤男，各位姊妹千萬別上當……」

更卑鄙的是有人貼出阿聞的眞實資料，譬如他的姓名、照片、電話號碼和在那裡唸書云云……又有什麼「宰狼十八掌」，捏造了不少關於他的醜聞。

再這樣下去，只怕阿聞就會受到全大學的男同學仇視。

做出這種事的人，可能是矮伯裘那夥人，也可能是桃敏敏；無論如何，阿聞都不想去深究了。

整件事，阿聞覺得自己是罪魁禍首，如果不是他將桃敏敏介紹給矮伯裘，這樣的悲劇就不會發生。

他不是沒碰過壞心眼的女人。

只是，他沒想過桃敏敏有了玩弄愛情的力量之後，竟會淪為他一直最看不起的那種女人。壞女人都是由好女人變成的，他漏看了這點。

「也許……我以為人得到想要的東西就會知足常樂，這是錯的。擁有的東西愈多，人只會變得愈來愈貪心吧？人的臂彎是有限度的，張得更開，抱不住了，全部東西就會滑落……」

正如火山爆發，愛情是不受控制的，若要用凡人之力去控制愛情，豈不是太過自不量力？

阿聞關掉電腦和螢幕。

即使狼先生沒有名譽掃地，他也不想再做這種苦差事。

阿聞遭天文學會的人杯葛，這件事竟招來意想不到的艷福。

回到大學，班上的女同學安慰阿聞，左擁右抱，說要給他靈魂上的慰藉。她們大罵矮伯裘那夥人，為了表達恨意，用上了神州大陸各個省份的語助詞，有個從外國回來的，更吐出一句將英語詞彙結合得巧奪天工的罵人話。

這群受過高等教育，平時嬌嬌滴滴（!?）的淑女竟然為他罵髒話，這令阿聞萬分感動。

「我有什麼好？值得妳們相信？」

她們眾口一心說：「因為你對我們好，平日很替我們著想啊！」、「而且你是我們心目中的偶像，指點我們許多愛情道理，每當有感情困擾，向你傾訴後，都會有很好的解決方向。」、「更厲害的是，你可以記住我們每個人的名字還有電話號碼。不像其他男生，今日問過我的名字，改天就叫錯了。」

阿聞的記性極好，甚少依賴電話簿來記錄電話，對方說過姓名和手機號碼，他都會在心裡牢牢記住，他的女性擁護者想不感動也很難。

「不要上課吧！我們蹺課去看電影。」

那群女同學對阿聞拉拉扯扯、毛手毛腳……

「不如去看A片吧！」

「贊成！我這輩子從未在大螢幕上看過A片呢！」

蹺課對很多大學生來說只是小事一樁，比起吃家常便飯的頻率更高，有些人甚至已蹺出癮來，只要某天不蹺課，就會覺得渾身不對勁。蹺課的藉口千變萬化，至於在這大學出現過的最離奇藉口，就是有人跟教授說悄悄話：「我的眞正身分是超人，現在我要去拯救地球啦。」

這次，阿聞和她們蹺課，是爲了創造一輩子共同懷念的回憶。

阿聞與十四個女生走入MTV，不只購買十五張限制級影片的套票，還出示學生證索取折扣優惠，其膽色及魅力，令售票處的姊姊大吃一驚。

「狼先生：請看看事務所的討論版，有很多給你的留言。」

阿聞忽然收到一封匿名簡訊。

他正在大學的電腦室裡做功課，喝了口濃郁的咖啡，就登入幾天沒造訪的網路討論區。

阿聞盯著螢幕，不禁眼前一亮。

原來事務所結束營業的消息帶來極大的迴響，成爲最受人關注的帖子，還有不少人留下感情眞摯的留言。

有人說，感謝狼先生以前教他那個「每天兩元投幣」的求愛方法，使他一生受用不盡。

你以前教我的「每天兩元追女」祕方，使我一生受用不盡。對、對，男女接觸的時間長並不能擦生愛火，相反地，接觸次數多但時間短卻能留下火苗。我聽你的話，每天不定時到投幣式電話亭，打一通電話給春春，規定自己和她的通話時間不能超過十分鐘。每天一通電話，從不間斷。結果？哈哈，一開始沒感覺，時間久了，她就開始對我牽腸掛肚了！

後來我才知道，這背後是有應用心理學的基礎。

DR. WOLF，你是最棒的！

有人說，狼先生是她的恩公，要不是他那晚在電話中安慰自己，她早就已經屍沉大海了。

半年前我失戀，有過自殺的念頭。在網上留言，希望可以得到一些安慰的話，但別人的網路留言大都是黑心的，叫我快點去死……就只有您眞的相信我、幫助我，立刻趕到我身邊抱著我，讓我在您的懷裡痛哭。您還陪我買蛋糕，教我將蛋糕擲在負心漢的臉上……

有人說，謝謝狼先生幫她找到一顆紅草莓的心。

我以前不明白，爲什麼那麼辛苦，我還要堅持和他在一起……

你鼓勵我，引用了莎士比亞在「亨利五世」中的名言：「草莓長在蕁麻底下，四周愈多劣等植物，反而能結下更多更甜的果實。」

經歷過考驗的愛情才是眞實的。

草莓的花是白色的，代表純潔的意志。

你又說，草莓是心形的，將紅草莓切開，就代表兩顆永恆相愛的心。

只要擁有一顆紅草莓的心，我就一定可以得到愛我的人。

就因爲你的支持，我倆的愛情克服了很多困難，他最近終於向我求婚了……我找到了最大的幸福……

有人說，他之前幫過那個罹患血癌的少女，那則故事眞的很感人。

有人說，從前自己沒女人緣，是個只會打電腦的呆子，全靠狼先生，才有了求愛的勇氣。現在，他會利用自己的駭客技術，幫狼先生刪除所有負面謠言。

有人說，她沒想過狼先生竟是超級大帥哥，禁不住對他更加著迷，很後悔之前沒跟他試過網交。

有人說，狼先生有資格獲得諾貝爾愛情獎！

有人說……

狼先生的存在原來是有意義的。

之前只看不留言的潛水用戶，都一一現身留言，給狼先生帶來文字上的鼓勵。

阿聞對著螢幕傻笑了。

在現實中總是被人誤解的自己，在網路上反而沒有被誤解，眞是諷刺至極的事。

撕掉所有外表上的掩飾，才可以眞眞正正看清楚一個人。

眼睛有時是不雪亮的，但世上總會有雪亮的心。爲了那些美麗的心靈，阿聞會繼續努力爲自己的信念而活。

狼先生雖然從這個世上消失，但在他曾接觸的人記憶中，永遠都不會變成灰燼。

只要保持一顆紅草莓的心，總會有人明白……

不管阿聞相不相信，過去、現在和未來都是同一條路軌，過去和現在做過的一些事，都會成爲引領人生駛向某個方向的契機。

阿聞曾做過的一切，將會成就他將來的事業。

□

「王宇聞！」

阿聞正要離開教室時，有人叫住他。

回頭一看，那人竟是張倩儀。

「狼先生就是你嗎？」她直率地問道。

「嗯。」

阿聞之前到底騙過她，見她凶巴巴的樣子，雖然最壞打算是被她「碎屍萬段」，但事情鬧得那麼大，再瞞著她也沒有意思。

「我……我相信你不會是那種男人，一定是別人誣害你的。」張倩儀竟然表示關心，太陽眞是打西邊升起了。

原先還以爲她是來尋仇的，阿聞不禁微微一怔。

「我不太會安慰人……總之你沒有錯……狼先生跟我說的故事，每一個我都記得。一直以來，人對狼的認識大都是負面的，以爲狼是無情的動物，事實上卻是人誤解了狼——狼的一生是一夫一妻制，是動物界裡眞正專情的動物，至死之前也只會有一個配偶。我查過資料，這不是故事，而是現實裡的事……」

雖然這番話繞了個大圈子，但阿聞明白她的好意。

「我不是妳眼中的爛男人嗎？妳眞的相信我？」

「我相信你。」

張倩儀第一次對男人說這種話，連她自己也不清楚，胸口爲什麼有種發燙的感覺……

「謝謝。」

阿聞只是笑了笑，便再踏著孤獨的腳步離開，直至消失在某個別人看不見的地方。

大學來來去去就只有幾個地方，小得連流浪漢也不屑來露宿。

阿聞不時經過露天茶座。

抽菸的大學生、胡拉混扯的大學生、蹺課來吃東西的大學生，依舊是些熟面孔……

他總是不自覺望向那角落。

曾經，有個純良的草菇頭女孩在那裡織圍巾……

知道嗎？

當我們長大之後，慢慢就不會再相信童話。

不再相信承諾、不再相信美好的東西、不再像小孩般容易滿足……

關於企鵝的愛情故事，真相原來是殘酷的——

企鵝的「婚姻」原來只有一年的時限。

一年過後，大多數企鵝在新一年的繁殖期都會重新選定伴侶，忘掉舊愛，遵照大自然賦與牠們的天性而活……並不是人類所想的「模範夫婦」。

只是短時間的用情專一，大多數人也做得到。
世上沒有長情的企鵝，也沒有不變的愛。
當愛情隨著歲月而折舊，天荒地老的殘值終有一天等於零。
孤獨的足跡一直向著寒風蕭蕭的山上前進。
只有狼，才會忠貞不渝地守護著愛……

□

父母的房內，本來掛著一幅結婚照。
年輕時的媽媽，穿上婚紗眞是美得像花仙子。
孩子憂愁地望著那面空蕩蕩的牆壁，只知道那幅畫已被拆下來了，小不點時聽過關於媽媽嫁給爸爸的故事，已經是很遙遠的記憶。
他甚至懷疑是假的記憶……
媽媽和她的情人正式註冊結婚。
兩人的婚事處理得很低調，暫時不想張揚，之後可能會在五星級酒店補請酒席。

孩子知道之後，有點悶悶不樂，但還是得接受這個事實。

某天放學回到家中，就看到圓桌上的旅遊資料。

「這個暑假，想不想坐飛機？」媽媽問。

「好啊！」孩子興奮大叫。

新婚夫妻帶孩子去旅行，著實是有點奇怪，但孩子就只知道貪玩，壓根兒不會注意這種事。

媽的情人——孩子不肯承認他是新爸爸——

他總是想盡方法來討孩子的歡心，但孩子依然對他不理不睬。

「你再不聽話，我就叫警察捉走你！」

「叔叔，我長得比你帥多了，你又老又醜，警察應該會先捉你吧？」

「……小鬼頭，你怎麼老是針對我？」

「你嘴巴這麼臭，我很難和你做朋友。如果可以，請你盡量別碰我，因為我怕你沒洗手。」

孩子嘴巴不饒人，不把大人放在眼裡……那男人沒想過小孩可以囂張到這個地步，鬥嘴又鬥不過他，有好幾次氣得想掐死他……

孩子的媽覺得孩子沒禮貌，便責怪了幾句。孩子氣惱了好幾天，以後學乖了，就索性不理那男人，寧可少說少錯。

更令他媽媽大傷腦筋的是，孩子的成績一落千丈、曠課去玩，以爲是結交了壞朋友，怎知其他家長先過來投訴。連班導師也說他很難管教，但見優秀的學生變成這樣，的確是罕有的事。

哼！妳不希望我學壞，就得花時間陪我！

孩子自然不會說出內心話，他對母愛的渴求，可能已到了歇斯底里的程度。

旅行出發前一天，孩子陪媽媽收拾行李，大半夜都興奮得睡不著。

他淘氣地笑著，滿腦子都是古靈精怪的主意，打算藉這次旅行的機會，好好捉弄一下那討厭的男人……他要從媽的情人手上搶回媽媽的愛。

S國。

從飛機的窗口俯瞰下方，雲端下是片深綠色大陸。

全國爲大片森林覆蓋，湖泊、島嶼和山峰綴合，東拼西湊，展開成爲一疋橫鋪大地的刺繡。

在人魚歌唱的地方，有條終年不化的冰河，埋葬著一顆顆百年孤寂的精魂。

在這個接近北極圈的異國，即使是盛夏，呼吸中也有沁涼潔淨的感覺。

洋人餐館中，連空氣中也有奶酪和麵包的味道。

孩子看看這，瞧瞧那，用好奇的眼睛探索這個世界。在駕車自由行的途中，盡情眺望名川勝境，偶然又仰望古木蔽天。如此風光，恍若置身於世外桃源。

三人入住酒店，媽的情人訂了兩間房，一間是給兩個大人，一間就是給孩子的。

在市內遊玩了半天，孩子一上床就睡著。媽媽替他蓋好被子，就和情人走出外面。

待他們一走開，一雙骨碌機靈的眼睛又再睜開。

剛剛裝睡的時候，他聽到媽和她的情人交談，說要到酒店裡的酒吧消遣。

孩子從門縫偷窺外面，媽和情人果然走向電梯，等到他倆消失了一會，孩子就溜到對面的房間。

酒店房間的鑰匙卡通常有兩張，孩子剛剛趁媽媽不注意時，偷走了其中一張。

孩子一進去，就將鑰匙卡放回原來的位置，然後將之撥到地上，這樣一來就沒人會懷疑他曾經進來。

他打算做的，只不過是很簡單的惡作劇。

那男人很注重自己的儀容，尤其是髮型，所以孩子就想丟掉他愛用的定型水，要他在這趟旅行中拍不出好照片，最好是醜得無法上鏡。

一不做，二不休，孩子手上有超強力萬能膠，就在定型水的容器裡加入了萬能膠液……

自從媽媽有了那個男人之後，她就對我冷淡多了……就是這樣的想法，促使他動手報復。

正動完了手腳，就聽到一陣熟悉的腳步聲。

孩子嚇得心驚肉跳。

門也就在此時打開了。

幸好孩子的應變十分迅捷，一蹲下，撥開落地的床單，就鑽進床底下。

當天是當地的國定假日，酒吧提早打烊了，媽和她的情人便折返。

「唉，眞掃興！」

「沒關係！我們就叫酒店的香檳服務。」

情人哄她，和她坐在窗邊聊天。

不一會，就聽到敲門聲，酒店的服務生送紅酒和冰桶來了。

床底下的孩子捂住嘴，害怕被人發現，連大口呼吸也不敢。幸好這房裡有兩張大床，他就躲在堆著雜物的床底下，今晚媽和她的情人應該會在另一張床上睡覺。

地板上有地毯，挺舒服的，他熟睡時又不會發出鼾聲，平日也不會亂放屁……睡一個晚上，逮到機會就偷溜出去，應該不會被人察覺吧……

沒想到這一趟亂打亂撞，卻讓孩子聽到驚人的話：

「怎麼辦？你安排的計畫行不通了。大老遠到外國來，你說有朋友可以幫忙辦僞證……現在又改口風，說什麼最近管得嚴，華人子女在這裡很引人注目，推三推四的，眞不可靠呢！」

自始至終，兩個大人帶孩子一同出遊，只是計畫的一部分──假借兒子失蹤之名，向當地警方報案。在法律上，只要一個人失蹤若干年，就等於「死亡」。

事前他們做了些調查，S國每年的失蹤人口「非常可觀」，多一宗失蹤紀錄也不會惹人懷疑；加上這邊警方的辦案手法又比較鬆散，不太容易穿幫。

男人又恰巧有門路，認識當地黑市的人，便想出錢弄個假戶籍，讓孩子以假身分在這裡讀書、成長，另一方面就虛報失蹤，遂而讓她繼承那筆龐大的遺產。

可是，當天見了黑市的朋友，才知道計畫可能告吹。

「唉，眞麻煩。就算眞的這麼做……也要等妳兒子失蹤滿七年，我們才能辦理死亡的宣告程序。七年哪，我和妳也不知老到什麼程度了，而且中間漏洞太多，很難成功……」

「一切都泡湯了……」

「唔……我還想到一個方法。絕對可行，但……」

男人心中其實另有陰謀──還是這個才是他眞正的陰謀？

他詭祕地在她的耳邊說了一些話。

雖然孩子不知那些話的內容，但猜想是很震撼的話，使媽媽「嚶嚀」一聲叫了出來。

「我們需要的，是自己製造的意外……我明白這樣做會令妳難受，但這是我們唯一的選擇，都到這個地步了，沒理由放棄吧！不如就將假的變成眞的！」

男人惡魔般的聲音在四周響起。

「妳是他的直系親屬！只要他一有意外，妳就可以取代他的位置，申請成爲遺產繼承人！雖然我不懂法律，但按理說，假如按照歲數來計算，妳由現在起可以領到幾百萬，是每年幾百萬的錢啊！」

無毒不丈夫！他的主意竟是想危害孩子的性命。

媽媽默不作聲。

到底是認同他的觀點？還是另有主意？

那男聲又再說下去：

「生個孩子容易，還是賺幾億元容易？就像……未婚媽媽爲了自己的將來選擇墮胎，也是情有可原……不是嗎？」

男人又哄了她一會，柔言蜜語，使盡渾身解數來說服她，扭轉是非曲直，推銷這個包裝在糖衣裡的邪惡陰謀。

戀愛中的女人是盲目的——孩子也聽過這句至理名言，聽著那男人不停迷惑媽媽，好幾次差點發出聲來。

有人爲了一點錢，也會謀財害命。對於幾億元的大數目，犯罪又有什麼出奇——

「妳放心，妳裝作不知情就好了……若是良心過意不去，到時只要閉上眼睛，我就會處理好一切……就算出了亂子，惹禍上身的也只會是我。妳考慮一下吧……」

床底下的孩子緊張得幾乎窒息，唯恐聽到難以置信的答案。

半晌，媽媽猶豫的聲音響起：

「好，那我依你說的去做。」

鏘——

乾杯的聲音無比嘹亮。

一剎那，貪婪以最高的姿態蓋過了一切理智。

「有了那些錢，妳和我就可以實現夢想，結伴環遊世界！」

雖然看不見，但好像看見了他猙獰的微笑。

床上的兩人正舉杯對飲，酒的香氣正在室內氤氳，感覺也迷失在窗外的浮榮媚景之中，嗅不到淚的氣味。

無聲的淚水由孩子的臉頰上滑落。

心眞的碎了。

床底下的孩子沒想過，平日疼愛自己的媽媽竟會說出那番話。

睡在這裡，就好像睡在棺材裡。

彷彿只要流乾了淚水，他的眼睛就會變成枯竭的井，永遠不會再有任何情感……

在寂寞裡等候

我不敢去愛人，因為欠缺一顆紅草莓的心。
我的心，在冰箱內冷藏著。
我在寂寞裡等候，因為有約定要遵守——

09 白的婚紗，夢的家

狼的事務所結束營業後，阿聞沒了主要收入，實難過活。除了「不道德的交易」，他什麼非法勾當都做……學期開始時，靠幫同學影印教科書也賺了點小錢。

但長久下去不是辦法，阿聞不得不另找一份兼職。

連ANITA也不知道，他爲什麼需要那麼多錢……

「我要存老婆本嘛。」阿聞眨眨眼。

當她聽到這個答案，俏臉立刻飛紅。

「呵，妳高興什麼？我可沒說對象是妳啊。」

ANITA氣鼓鼓地掛線……她白白爲阿聞痴心一片，但可不是真的白痴，阿聞從來不肯給她「女友的正名權」，還用上「反對中學生談戀愛」這種爛藉口。

對大學生來說，幫學生補習是不錯的兼職，但阿聞過往有不愉快的經歷，擔心會被學生或學生的家長騷擾，所以只好另作打算。

在朋友介紹下，阿聞來到位於夜店區的酒吧求職，時薪相當吸引人，不過要在深夜上班。

酒吧的女老闆愛請俊男，一見阿聞就決定請他，但依規矩也要問一問：

「你的酒量好不好？」

「我不會喝酒。」

「嗄？那你怎麼應酬客人？」

「不輸的話，就不用喝酒了吧？」

阿聞即興表演花式搖骰，手一掃，將五顆骰子捲進骰盅，袖口殘影飛舞，手法令人目眩。

女老闆和阿聞玩「大話骰」，鬥猜心理，十局裡也輸了九局，十分驚歎他那惡魔般的洞悉力。大話骰、猜枚行令、十五二十、加減乘除……只要是用腦的，一概難不倒他。

「好厲害啊！你從哪裡學來的？」女老闆覺得阿聞帥透了，也對他有點心動。

「看賭術電影——中學時贏光了全班同學的錢，感覺真是懷念。」

「……眞強，那你明天來上班吧。」

這個學期，阿聞將所有的課調到下午時段，一堂接著一堂，回家吃過晚飯，就到酒吧上班，早上才睡覺。

上班後，難得有半天清閒，附近就是以前就讀的中學，阿聞便回去探望老師。

阿聞當年是校內受人景仰的學長，一在校內出現，沒課的女同學見了，尖叫聲便響遍整條走廊。她們覺得染髮後的阿聞英俊得要命，便死皮賴臉地扯著他合照。

小吃部的嬸嬸還記得阿聞，和他閒聊近況。阿聞感到很欣慰，想當年，他用簽名照跟她換熱鮮奶，她再從中轉售圖利，彼此合作愉快……眞是令人懷念的中學生活。

下午三點鐘。

鐘聲響了，阿聞打算等ANITA放學。偶爾也要給她一點驚喜，這樣她就會對他更加死心塌地。

離校的人潮漸漸散去，阿聞在樓下等了一會，還未看到ANITA的蹤影。阿聞心想，他和她也許眞的無緣，自己給她這個機會，她不珍惜眞是太可惜了。

就在此時，一個聲音從天而降：「阿聞、阿聞！」

望向二樓，ANITA就在樓上呼喊，對著他猛搖手。原來她又闖禍，放學後被老師留下來。

阿聞露齒，對著她咯咯地笑，作個鬼臉。

哈！她也眞是的，叫得這麼大聲，不怕惹人大笑嗎？

過了一會，她就出現在樓梯口，背包的拉鍊還來不及拉好，就朝他橫衝直撞。突然，東西由書包掉了出來，撒滿一地，她欲哭無淚地蹲下來。阿聞笑了笑，就過去幫她撿拾。

「你怎麼會出現在這裡？」

ANITA傻乎乎地喘著氣說。

「怕妳寂寞，接妳放學。」

阿聞說謊從來不打草稿。只要ANITA望一望他嬉皮的臉，就會知道他的話有多麼假。然而，她卻感動得扁著嘴，眼現紅絲，差點當場落淚。

「告訴你，本來我要多留一小時才可以走，幸好你來了。老師呀……她以為你是我的男友，見你在等我，便讓我先走。」

「噢！這個誤會可大了。為免我名譽受損，我先走十步，妳在後面跟著我，隔著一段距離，這樣就可以撇清我和妳的關係。」

「哼！」ANITA賭氣地不走。

阿聞真的不理她，逕自地邁開闊步。

「等等！」

見他愈走愈遠，ANITA按捺不住，追了上去。

「妳怎麼又跟來了？」

「因爲我不介意被人誤會啊！」

「介意的人應該是我吧？」阿聞偏偏要捉弄她。

看著ANITA氣惱的樣子，阿聞扯了她的臉蛋一下，又說：「我找到兼職啦！之後沒什麼時間陪妳啦。」

聽到這樣的話，她失望得乾瞪眼，腦袋快要掉下來似地。

「有這麼失望嗎？之後我每晚十點上班……這樣吧，今晚我陪妳，妳有什麼地方想去？」

她聽了，相當欣悅，但又想不通，到底是什麼工作要在那種時間上班……

有了！ANITA想到要去哪兒，就地攔了輛計程車。她說出地址，司機說再過四個街區就到了。

「笨蛋，錢太多嗎？這麼近也要坐車。」

「嘻。」ANITA傻笑，只有她知道，錢雖多，時間所剩不多嘛……

原來她想去的地方是「宜家家居」，一家大型連鎖式家具店。兩人就在佔地一萬平方尺的家具中心裡閒逛。

「嘩嘩！這個燈罩很可愛，掛在客廳一定很美！」

「我覺得在客廳掛胸罩比較好。」

「你看！在睡床四周裝上帷幔，被一層白色的紗帳圍住，很像公主啊！」

「笨蛋。在鄉下耕田的阿嬤也睡在蚊帳裡。」

「我要買這個大花盆，給我倆的兒子放零食和糖果，好嗎？」

「……第一，我和妳沒有兒子。第二，我若是妳兒子，我每看一次牙醫，就會恨妳一次。」

幸福的感覺散布在沿途。

好舒服啊！兩人走累了，就躺在沙發上。

ANITA忽然拿出筆記本。

「妳在幹什麼？」

「我在畫我們將來的家。窗簾布上要有星雲圖案，大牆上的掛鐘是月亮形狀，黑木地板上鋪一張印第安風格的毯子，浴室裡要有自動泡泡浴缸，陽台要有雙座位的搖籃鞦韆，玄關要有彩石……最重要的是有餐車，將我做好的美味料理送出飯廳！」

ANITA歡天喜地勾勒自己的純眞幻想。

若是平時，聽到ANITA大發這種奇想，阿聞總會逃得老遠的。但今天不知哪來的傻勁，他竟乖乖做她的聽眾，還不時提出意見。說著說著，ANITA忽然相當認眞，從書包拿出電子計算機和單行紙記錄每件家具的價錢，開始規畫預算。

三小時，兩人竟然可以在家具中心消磨三小時。連他們也覺得自己未免太閒。

「夢的家。愛的室內設計圖。」

這是寫在那張紙背後的字句。

就在走出家具中心時，ANITA遇見她的同學。

在遠處，ANITA逐一大喊她們的外號。

「喂，小聲點。妳讓我們很尷尬啊！ANITA，妳這麼傻頭傻腦，誰當妳的男友可就慘了！」

語畢，她們才看到湊近ANITA的人是阿聞，驚訝得差點連舌頭都咬斷了。

「王宇聞學長！」眾學妹受不住刺激叫了出來。她們一會兒看著ANITA，一會兒看著阿聞，然後七嘴八舌地查問兩人之間的底細。

「我？」阿聞聳聳肩，笑著說：「我不就是她的男朋友嘛！」

「眞的嗎!?」不只是那群學妹，就連ANITA也驚問。

「我特地來接她放學，戴著她織給我的圍巾，家長也見過面了，她又有我家鑰匙……這樣算是什麼關係呢？」阿聞這番話，那些學妹只聽得哇哇大叫。

待她們走了，ANITA拉著阿聞的衣袖，低聲問：「你爲什麼要這麼說？不怕你的名譽受損嗎？」

「管他的！妳的面子比較重要嘛！」

她痴痴地呆看著阿聞一會。阿聞裝作不在乎，向前走，一轉頭，與她的目光相遇，她又羞怯地低下頭，竟是感動得說不出話。這種事讓他也感到難爲情，眞是奇怪得很。他內心暗笑，想不到會令她如此感動，要得到這個女孩的歡心，容易得很呢。

騙這個女孩，眞的很簡單。所以，爲免她受傷害，他決心長駐身邊守護她……

沒頭沒腦有這個想法，阿聞覺得自己被傻瓜的病毒感染了。

晚上，阿聞說要帶ANITA到「高級餐廳」，結果是一家要走上很多階梯才能到達的麥多多速食店。幸好該店附近有間雅致的咖啡店。

在咖啡店裡，她難得帶了功課，便央求阿聞教她做習題。阿聞起初還有心教，但教來教去，她依然什麼也不會，氣得他差點就要掀桌翻臉。阿聞冷汗直流，問她：「妳平時有交齊功課嗎？」她吐了吐舌頭，說：「有！我收買同學幫我做的……」

阿聞無話可說，又敗給她。

店家打烊，始知時候不早。如果送她回家，他就趕不上末班車，要搭計程車或徒步回家，一是貴，一是累。

基於禮貌，他不得不問：

「要不要我送妳回家？」

「不用了！」

「妳這個樣子，不怕被色狼盯上嗎？」

「壞蛋！詛咒我！我怕啊……」

「那麼……」阿聞笑著說，「如果不幸眞的發生，我是不是該負責任？讓我照顧妳一生一世，好不好？」

這番花言俏語，深深打動她，她的臉蛋像塗上一層果醬，紅得嬌情無限。

「巴士來了，拜拜喔。」

「妳要小心啊！」

夜風雖靜，心情卻無片刻寧靜，她的哽咽決堤了。

在巴士上，ANITA終於可以放聲大哭。

爲什麼在最後的時光，他對她特別好？在她面前是張賭桌，賭的是「他會不會挽留她」，而賭具是枚硬幣，只有「會」和「不會」兩種結果。

她猶豫不決，一直不敢下注。

腳步聲緩緩傳來，上來的竟是阿聞。

「咦！」ANITA懷疑自己在作夢。

原來她上車之後，阿聞也跟著上車，故意給她個驚喜。

「哈哈。我不想負責任，所以還是決定送妳回家。」阿聞看見她忽然淚流不止，訝異地問：「妳怎麼在哭？」

ANITA舉起毛衣袖口往臉上擦拭，左上右下，就像小貓咪清潔面部，不想被他看見自己哭泣的醜態。

「我是催淚劑嗎？」

她搖頭。

「妳要紙巾嗎？」

她再搖頭。

「來，胸膛借給妳。」

她再也把持不住，一頭栽進他的懷抱。清涼的淚水滲透衣襟，阿聞不停安慰她，抱住這個孤獨可憐的傻女孩，但想不透她哭的理由……

□

「妳的成績怎麼這麼差！不及格可以接受，但兩門學科拿個位數太離譜了！老師說，你再這樣下去，升學的機會相當渺茫！妳無心向學，是不是因爲談戀愛？」

年初，學校要見家長，爸爸生氣得連耳根也紅了，對著她大聲訓斥了一頓。

吵了幾晚，爸爸決定送她去加拿大讀書……

「妳怎麼最近常無緣無故地哭？是精神病嗎？」

「嗯，我染上一種怪病，病名叫『阿聞敏感症』，一見到你，我就想哭。」

「是嗎？我也患上『安妮塔無尾熊抱抱症』，一看到妳哭，我就想抱妳。」

10 不要靠近我，我會咬妳的

話說上次給了ANITA男朋友的假憧憬，阿聞非常後悔。

難得今天不用上班，又不用上課，鈴聲不巧自掛在牆上的牛仔褲口袋響起，阿聞便從美夢中醒來。

「哇！阿聞，救命啊！」

她近來沒什麼事都會打電話給他，煩得要命。

「又怎麼啦？這次是蟑螂還是外星人？」

「不！我迷路了……」

「香港的警察叔叔很可靠。」

「你可以陪我去澳門嗎？」

阿聞愣住，她牛頭不對馬嘴，似乎又是什麼白痴細胞發作。

「去澳門幹嘛？」

「我要替爸爸送一份檢驗報告，攸關人命，十萬火急！爸爸要招待醫學考察團，無法趕去澳門，我便答應幫他送去……爸爸叫我找你陪我，我連船票都買好了，你不管我，我自己也會去！」ANITA的聲音愈來愈無助。

阿聞心想，以她那種智商和認路能力，搞不好會被陌生人打劫，又或者上錯賊船，連骨頭也被啃掉……人肉叉燒包，火鍋煮屍肉，俱是駭人聽聞的澳門奇案。

阿聞又怎會不顧這傻女孩的死活？

「♥——」ANITA在電話裡給他一吻，就掛斷了。

最後阿聞在碼頭出現了。

近來，不知是不是她的化妝技巧變高超了，他覺得她變得更漂亮，這天她戴著直紋緞帶小紅帽，粉紅背心百褶裙……慢著，她怎麼會帶旅行袋……

ANITA看見阿聞來了，打從心底露出微笑。

□

阿聞沒去過澳門，不太清楚那是怎樣的地方，只聽說曾有個大學同學說手頭緊，要去那邊「發財」，賺點外快，哪知他一回來就割腕自殺。

自此，阿聞就誤會澳門是個很恐怖的地方，在街上走，搞不好隨時會碰到海盜……

出乎意料的是，這裡不是陰風陣陣，而是景色宜人，清涼的晚風像粉刷般拂面，天朗氣清就像觸感舒適的化妝棉。

一下船，離岸，ANITA的心情興奮極了，拿出照相機，請路人替她和阿聞拍照。她乘勢抓著阿聞的臂彎，未經他同意就捉著他的手不放。

「這種天氣……很適合手牽手啊！」ANITA抱著必死的決心說道。說起來，她和阿聞約會，沒一次可以好好牽著他超過五秒鐘。每次見她蠢蠢欲動，阿聞就會瞬間將雙手扠在褲袋。

「只限指頭，下不為例。」阿聞這次竟然有所改變，頒發「可以牽著指頭」的批准令，令她喜出望外。

1——2——SAY CHEESE！

還沒準備好，照相的人已拍照了。

「牽著你的手，你就是我的親密男友！」

「是嗎？但我感覺像遛狗……」

她興高采烈向前走，他不情願地被她牽著走，互扣對方的手指頭。

指頭與指頭相連，ANITA心裡有個念頭，可以永遠不分開就好了……

「不是去送文件嗎？」阿聞催促。

「順路嘛！地球是圓的，總有一天會走到那裡。」ANITA編了個爛藉口出來，阿聞被她的傻勁氣暈。

兩人像情侶一樣四處遊歷，逛逛這、闖闖那，展開尋訪美食之旅，走累了就吃東西，填滿肚子就到南灣坐三輪車，快樂得很。

豬排包、水蟹粥、葡國菜、法式焦糖布丁……

一個晚上，吃了五餐，阿聞真的想吐……

難道女人的胃是用橡皮做的嗎？ANITA居然說還沒吃飽。花了大半個小時，才吃了半客布丁，她吃東西慢條斯理，但今天慢得有夠過分——

中計！阿聞這才想到，這是她拖延時間的戰術。

「對了，妳不是要送急件嗎？」阿聞故意提起。

「啊！是啊！」ANITA從背包拿出文件，見到眼前有幢房屋，就說是那裡了，隨隨便便將文件袋投進信箱，就說任務完成了。

阿聞冒汗……這女孩到底會不會演戲？

糟糕！阿聞看看手錶，發覺快到末班船開出的時間，拉著ANITA，叫她快走，她卻愈走愈慢，最後死命地抱住路燈。

儘管她大哭大叫，他還是揹著她上公車，司機和乘客的目光怪異，他就說這個女朋友是智障的，結果換來了一陣掌聲。

「革命尚未成功，傻瓜仍須努力。」阿聞笑呵呵。

如果世上眞有天公，祂一定是幫著女生的。窗外的風景愈來愈不對勁，公車朝鬧市的反方向行駛，阿聞皺眉，ANITA卻樂翻。

結果兩人在一片荒蕪的地方下車，眞的迷路了。

「我很累了，沒有氣力回去。」ANITA一路走，一路抱怨。

「那妳想怎樣？露宿街頭嗎？」阿聞沒好氣地問。

「你看！」

她指著街道尾，那角落竟有座古堡似的建築物，看清楚才知道是大酒店。

「那是鬼屋吧？能住人嗎？」阿聞的臉黑了一黑。

當他瞧到ANITA手上的旅遊書，便知道她早有預謀。

阿聞將褲子口袋翻了出來，表示自己身無分文。

ANITA亮出傳說中的鑽石級信用卡。

始終都要依賴暴力，阿聞好不容易把她拉到碼頭，可惜功虧一簣，最後一班船已經開走了。看到ANITA笑呵呵做出勝利的手勢，他就想推她下海。

無可奈何，唯有和她入住那間疑似幽靈古堡的酒店。由於酒店缺房間，沒有選擇之下，阿聞要了間單人房。一男一女多尷尬，阿聞偷瞄了ANITA一眼，就算拉老虎機中了大獎也沒她那麼高興……

「爲什麼不用我的信用卡呢？」ANITA過意不去。

「拜託！妳那張是附卡啊！妳老爸遲早會看到帳單……他會買凶殺我的。」阿聞心思縝密，每一步都很替她著想。

爲了保住自己「最寶貴的東西」，阿聞多要了床單和被鋪，這晚他打算讓ANITA睡大床，自己則躺在地上。

說來眞好笑，入住五星級大酒店，竟是睡在地板上。

阿聞洗完澡，換過浴袍，就輪到ANITA進去浴室。

胡鬧了半天，阿聞是鐵人也會累，趴在地上的床鋪就想睡。恍恍惚惚之間，他聽到ANITA洗澡時的水聲，這種水聲有咖啡因般的刺激作用，令男人的大腦皮層分泌出一種叫

「想入非非」的化學物質。

阿聞摑了自己一記耳光，然後在地板上做仰臥起坐。

浴室的門打開來，ANITA穿著浴袍出現，雖然怪不好意思的，阿聞也多望了兩眼。

關燈之後，ANITA靠貼阿聞身邊，在他的身上嗅來嗅去。

「妳在做什麼？」阿聞問。

「你身上有股氣味，很特別，我要永遠記住……」ANITA提出她的謬論，笑意盈盈地說：「就叫它『阿聞味』，好不好？」

「哈哈，妳身上也有股獨特的『ANITA味』。」

窗外的月光照進來，於牆壁上映出兩個影子，一隻是羊，一隻是狼……然後兩個影子慢慢湊合在一起。

ANITA把頭完全埋進他的懷裡。

「阿聞……我是成年人了……」

遇到她突如其來的大膽，阿聞無所適從。

嗅到洗髮精的香味，腦裡瀉滿了那種叫「ANITA味」的香水。

和十六歲的女孩做那檔事並不犯法……但這裡是澳門，法令一樣嗎？

阿聞沒細想這問題，敲敲她的頭，就說：

「成年是十八歲呀！笨蛋！」

「這樣……我是不是被你拒絕了？」

「不要靠近我，我會咬妳的！」

阿聞用棉被密不透風地套住自己，佯裝成惡狼的樣子來嚇她，然後抱頭鼠竄地逃到房間盡頭，與她保持一段安全距離。

受到這麼大的打擊，ANITA倒在床上放聲大喊，汪汪淚水在眼珠裡滾動，一邊亂踢腿，一邊瘋言瘋語：

「嗚……我沒魅力，你不愛我啦！」

「如果我們什麼也不幹，明天退房時會被酒店的人取笑的……」

「我要去法院告你！」

說了很多話，阿聞仍然無動於衷，不過靜得實在有點奇怪，房裡已經沒了阿聞的氣息。

月光纖纖照進來，望向露台，披著棉被的阿聞怪模怪樣地坐著。

阿聞回過頭，對著她笑一笑，指著外面的上空。

在這個年輕的夜晚，漫天星群聚集，帶著神祕的光芒，等待別人來發現它們的存在。

「好多星星啊！」

她拉開玻璃窗門，夜空的星星多得數也數不清。

雖然沒有坐上豪華郵輪，也不曾吃過燭光晚餐，但兩人同在一個棉被窩裡看星星，耳鬢廝磨，金風玉露，便勝卻人間無數。

「妳最近行爲古怪，從實招來，到底發生什麼事？」

女人心，海底針，用磁石還是探測得到。

但ANITA將心事融在淚水裡，肉眼是看不見的。

「其實我是故意的……騙你陪我來澳門。」

「難道妳當我是白痴？這樣也察覺不了？不過……我最近的確很忙，沒有時間陪妳，今天和妳玩了半天，算是補償吧！其實今天我也十分高興哩。」

她揉揉眼，差點又要哭出來了。

「不做那種事，牽你的手可以吧？」

「好吧！今晚我和妳手牽手入睡，但願我倆在夢中相見，到時任妳胡作非爲，妳想對我怎樣嘿嘿嘿，我也不會抱怨，象徵式給我一點肖像版權費就好了。」

她會心一笑，便牢牢握住他的掌心。

「阿聞，你畢業後，會做什麼樣的工作？我眞的很期待呢。」

「我做什麼工作……與妳沒關係吧？」

「關係可大呢！如果我倆將來結婚，你可要賺錢養我……」

阿聞嘆了一聲，已放棄反駁，任由她自己繼續作白日夢。

他已習慣了這種陪她幻想的感覺。

「阿聞……我有預感你將來會是個名人。你這麼會說話，聲音又好聽，不如做電台節目主持人！一定迷死人呢！」

迷迷糊糊間，阿聞好像睡著了。當他悠悠醒轉，打了個哆嗦，便發覺ANITA一直在露台陪他，不知不覺也睡著了。正想起身，阿聞才發覺自己的手指和她的牢牢緊扣著，就像把鎖，無論怎麼用力也解不開，兩手的指縫緊密地合在一起。

他就這樣讓她依偎身旁，用這條以手臂結成的「鏈」與她的心連成一線。

夢中，他們聽到對方的心跳聲。

月亮在夜的舞台沉下來，星星在跳舞和歌唱。

當時的影像拘留在這對年輕男女的腦裡，被判終身監禁。

那一晚的星星，縱使再也看不見，我倆也不會忘記吧？

由澳門回港翌日，阿聞打著呵欠從酒吧出來，竟看到來接自己下班的ANITA。他問她來幹嘛，她就說來突擊檢查，看看他有沒有做出對不起她的事。

阿聞既好氣又好笑，陪她吃完早餐，就送她回家。

從家門走出幾步，就看到一輛白色房車，車主是ANITA的爸爸安先生。

「UNCLE？」

「關於ANITA的事，我想和你談一談。」

阿聞最討厭這種事，想起前晚和ANITA過夜一事，不免有點心虛，但又找不到拒絕上車的理由。

「請容我直說吧。阿聞，你和我女兒的關係，我是清楚的……你在浸水大學唸書嗎？將來有什麼打算？」

聽安先生的語氣，顯然有點瞧不起自己。阿聞心想，這也怪不得他，因爲自己不是在什麼知名大學唸書嘛……

安先生向阿聞遞上一個信封。

「你的私生活很不檢點……」

阿聞愣了一下，信封裡竟是他和其他女同學的合照。前些日子被私家偵探跟蹤，原來就是安先生做的好事。那些私家偵探爲了令客人覺得物超所值，當然會投其所好誇大事實、亂編故事。

阿聞縱使蒙受不白之冤，也只是含笑以對，沒有做出任何辯解。

安先生是名門之後，是某某院的主席，雖然還不算名人，畢竟也屬於上流社會的家族成員，自然不屑與阿聞這種人打交道。

在五星級的酒店請客，也不希望窮酸的親戚走進來吧？

聽說ANITA的叔叔伯伯大都是醫生……阿聞確實曾想過唸醫科，可是唸醫科的時間太長，他必須盡快出來賺錢。

安先生想弄清楚一件事，便問：

「抱歉我調查過你……你的財務狀況十分差……你只不過是大學生，怎會欠債幾十萬？」

阿聞倒是沒有生氣，只是不以爲然地說：

「大學的學費那麼貴，欠債是很平常的事吧？」

安先生皺皺眉，板著臉說下去：

「我這個女兒……她傻乎乎的，太容易相信人，可能因爲自小失去媽媽，她一直對結婚懷有不切實際的憧憬。」

兩個人在一起，要顧慮的事沒那麼簡單。

若要結婚，就不是兩個人之間的事，而是兩個家庭的事。

如他所言，ANITA傻乎乎的，一味橫衝直撞，壓根兒沒想過這些問題吧？說眞的，阿聞看了自己親生父母的遭遇，他的確沒有信心好好維護一段關係。

更何況是段婚姻……

「你有心和她結婚嗎？如果你對她是認眞的，那你可以作出承諾嗎？」

安先生不太喜歡阿聞，但覺得他也算是個人才，只要他對女兒是眞心的，就會替他安排工作，如果做出令人刮目相看的成績，再答應兩人的婚事也未嘗不可。

聽到這番話，阿聞怔了怔，也猜得出對方的用意。但他終究不會領情，別人一本正經，他就偏偏要用輕浮的口吻回應：

「我不知道，我這輩子不會和任何人結婚。」

——獨子王宇聞一生不可以結婚。

就算要被所有人誤解，他也要守住對亡父的承諾。

「不過我答應你，我會勸她離開我。」

阿聞打開車門下車，留下一臉愕然的安先生。

別人誤解，就任他們誤解好了……阿聞不是貪錢的人，但他的確很需要錢，爲此甚至可以忍受一輩子的孤獨。

「如果我結婚了，媽媽就會死掉。」

這是深藏在他心底的祕密，一生都揮之不去的不幸回憶……

在那個悲哀的晚上，上方也是星光如畫的夜空吧？

□

——我會死嗎？

昨晚趁著媽和她的情人在浴室洗澡時，孩子成功溜回自己的房間。

「虎毒不食子」這句話是錯的。孩子從電視上的生態節目得知，當雄獅在決鬥中勝了情敵之後，佔據地盤，母獅就會轉投向牠身邊，任由新來的雄獅將幼兒殺死，然後和牠交配……

報警？逃走？

無憑無據，不會有大人相信孩子的話。

再者，對方還沒動手，可能只是說笑，斷斷續續聽到的話或許並不可靠吧？

孩子睜開眼，掀開令他窒息的被窩，滿身都是冷汗，不知什麼時候已經睡著了，但又再次被拉回殘酷的現實。

——只是場噩夢？

記憶猶如沾滿了水花，令他分不清眞假。

燈是開著的。

是昨晚太累倒頭就睡？還是因爲太過恐懼？

叩叩。敲門聲。

媽和她的情人也沒有異樣，一切都沒有異樣。

這也是愉快的一天，孩子纏著媽媽撒嬌，大家有說有笑。在旁人眼中，他們是甜蜜的一家人吧？

行程之一是逛購物中心，經過一家玩具店，孩子就嚷著要買玩具……兩個大人只以爲小孩貪玩，卻想不到他會挑那個玩具，是因爲那玩具具備錄音功能。

晚上，到了一家雅致的餐廳，享用正統西餐。兩個大人點了酒，孩子就要了最喜歡的有汽飲料。這一天安然無恙，孩子也開始懷疑自己原來的想法，虛驚了一場。

母親和其他人的面孔開始扭曲了。

正餐吃到一半，孩子緩慢地放下刀叉，覺得很昏，很快就闔上了眼睛。

「孩子累了，將他抱上車吧！」男人假惺惺說著這樣的話。

男人在孩子的飲料中下藥了。

瞟向橫臥在後座的孩子，他有點不安，但一想到數以億計的財富，加上酒精壯膽，便眞的什麼事都幹得出來。

四周是蕭瑟的茂林。駛入僻靜的山路後，男人將車子停在斜坡上，坡道向下傾斜，彎道前是堵擋土牆。

他關掉車頭燈，和副座上的女人講話：

「妳要有心理準備，我會製造意外，假裝來不及轉彎，然後撞向擋土牆。妳要對我有信心，我的專業是物理，計算很準確的。」

這一夜，風聲特別大，吹過林間，疑似是什麼詭祕而不可告人的喁語。

「我租這款車，是因爲它安全性能很差，尤其是後座……不過前座的安全氣囊還不賴。最重要還是安全帶……很多人低估了安全帶的重要性，如果不綁安全帶，乘客的死亡率大概會高出四倍……」

說到這裡，男人又瞟了後座上的孩子一眼，而昏睡中的孩子沒有被安全帶固定在座位上。

「這是苦肉計，雖然不一定成功，但機率很高……妳閉上眼睛，一切就會很快過去，等待我們的，就是最幸福的人生……」

聽完男人自以爲天衣無縫的計畫，女人卻是一副冷面孔。

「世恭，你收手吧。」

男人顯得相當詫異，不解地問：

「妳說什麼？現在才後悔？」

女人深呼吸一口氣，才說下去：

「你和我結婚，也是爲了那筆遺產吧？今天你一直盯得我很緊，是擔心我突然改變主意，會打電話又或者向其他人求救吧？沒錯，我打不了電話，但今早離開酒店前，我已趁你不在身邊的時候，將在浴室寫好的信交給櫃台，委託酒店的人幫我寄信——」

這母親露出無懼的眼神，聲音也變得強而有力：

「信上寫下了你的陰謀。要是我或阿聞其中一人遭遇不測，就會有朋友幫我向警方報案。我勸你還是打消壞主意，讓我和兒子平平安安回去……」

異常悶熱的氣氛籠罩著車內這狹窄的空間。

「妳！快把車鑰匙給我！」

男人氣得滿臉猙獰、惡相畢露，一股狠勁硬搶她的皮包，還以爲只要不管三七二十一開車，只要人一死，她就繼續是他的好女人，乖乖聽他的話。

他錯估了一件事。

愛情雖然會令女人盲目，卻不會令女人無知。

她是孩子的媽，這是連神也改變不了的關係，他能讓她捨棄自己的丈夫，但他絕對不能讓她捨棄自己的骨肉。

遇到這種危險狀況，媽媽大可一走了之，但孩子還在車廂裡，她擔心男人會做出危害孩子的事，所以留下來，再想方法向其他人求救。

男人撕破臉就是壞人，露出流氓本性，一時暴怒，就將女人的頭顱推向玻璃窗，發出清脆的撞擊聲，就像有什麼東西碎掉了。

突見凜冽的寒光一閃，他在千鈞一髮之際縮手。儘管如此，手臂上也多了道很深的血痕。

披頭散髮的女人舉著一柄銀亮的餐刀，用顫抖的刀尖指著男人。

「賤女人！妳找死嗎？」

他吼叫。他發瘋。鮮血汩汩從手臂上的傷口流出。

在這野性蓋過理智的夜裡，車廂就是困獸的籠子。他一手按住她的刀子，一手扼住她的脖子，愈來愈用力。

女人來不及大聲呼救，雙眼低垂，瞪著自己脖子上那隻孔武有力的手——過往擁抱她的手，現在就狠狠扼著她的喉頭，生命彷彿沿著臂上的青筋流失似的……

「在這樣的深山，妳呼救也沒用！」

眼看男人就快出於衝動而殺人，女人握刀的雙手也終於鬆開，掙扎的聲音也變得微弱……

喔唷！男人突然失聲慘叫。

他不敢置信地瞪著緊緊咬著他手臂的孩子。

孩子比大人所想的機伶得多，他喝下飲料的第一口，就察覺味道有異。他趁大人沒留意，一邊含著飲料，一邊吐入隨身攜帶的水壺裡，大人只看見飲料逐漸減少，沒想到已被他騙了。但仍然受到少量藥效的影響，孩子感到頭腦昏沉，又擔心被大人識破，便索性裝作熟睡。

在這緊要關頭，孩子死命咬著男人的臂膀不放，牙關狠狠地闔上，要用自己的力量來保護母親。

男人左腳一伸，不小心踏中鎖住輪胎的腳踏板。

外面風大，又在斜坡上，車子竟然開始下滑。

爛車即是爛車！男人揮拳猛打孩子的腦袋，但孩子仍然不肯張開口，耐力相當驚人。

斜坡上，車子正向下衝。

「臭小鬼！」

男人心想這時速死不了人，也不太在意，一心以爲快要擺平孩子了，卻沒想到這小孩竟然這麼難纏。

若干秒後，車速愈來愈快，車子甚至已越過行車分隔線，再不管的話就要撞向山崖。男人雙眼滿布紅絲，就在危急關頭，他一手將孩子推到後座的軟椅上，一腳踩下煞車。

車子及時停了下來，男人捏了一把冷汗之際，才猛然發現迎頭有兩盞車頭燈衝撞過來！

轟！

山崩似的巨響過後，林鳥在一片漆黑中向外飛散，鐵的殘骸裡溢出了血的味道。

血泊之中。

悲鳴的蟲聲。

車頭像被壓扁的鑵頭，男人的面容和身體也是一片稀爛。在這奄奄一息的人生尾聲，動也動不了，只是不住呻吟，漸漸因失血過多而陷入昏迷。

到後來，他的嘴巴也不動了。

破碎的夜失去了溫度。

奇蹟發生了，後座的孩子只受了輕傷。

孩子醒來後，第一個就想到媽媽，趕快仰起身，拖著疼痛的膝蓋，從車廂裡爬出來。

「媽！」

前座的媽媽身受重傷，白色裙子染滿了血，像極了蝴蝶翅膀上的紅色斑紋。

孩子急得哭了，只是搖著媽媽的手，卻無法救她出來。媽媽凝望著兒子的臉，淒楚地笑了笑，那目光包含的情感相當複雜，既有憐惜，又有歉疚……更有一種永恆的愛。

身爲母親，她再財迷心竅，也不會出賣自己的兒子。就在知曉陰謀的那一刻，她看清了男人的眞面目，發現他只是一匹披著羊皮的狼，便在刹那間清醒過來。

「阿聞，是媽錯了，媽媽對不起你……」

慢慢地，母親的手從自己的手心中鬆脫，軟軟地垂了下來，原本是液體的血也開始凝固。

「媽！媽！」

天穹間，黑茫茫的大地，迴盪著狼嚎般的悲泣，呼嘯的北風，如一首抑鬱的歌……

11 撒哈拉沙漠的沙

這個黃昏，新聞廣播報導一則「XX酒家食物中毒」的新聞。豐豐、爸爸和媽媽皺著眉頭，在客廳中坐著，愁得好像家裡快要有人暴斃似的。

當天的晚飯由ANITA準備，聽說是海鮮大餐。

本來廚房的門把加了新鎖，但豐豐被ANITA的誠意感動，即使冒著遭世人唾罵的後果，也爲她打開廚房的門。

今日的ANITA很特別，身上散發出不一樣的氣質。

她披上圍裙後，就挺起胸膛進入廚房，切菜手法出神入化，由「毒妃」化身爲「火的女神」，煎炒烹炸樣樣皆能，縱使豐豐等人在門外驚歎，她也沒有片刻分心，進入完全淨空的「無我煮食境界」。

奇蹟！全家人感動得摟抱在一起。

盯著桌上那些色香味俱全的佳餚，大家明白ANITA的心意，但最大的難題還是要說服阿聞回家。

「ANITA……阿聞說他不會回來呢。」豐豐一邊握住聽筒，一邊吞吞吐吐。

嗚嗚……枉費心機呀！

少女的期待如玻璃般碎滿一地。

正當ANITA失魂落魄地推開門，走向地獄深淵似的大門，門外卻站著個狡猾笑著的男人。

「你不是說不回來嗎？」她又被他騙了。

「笨蛋，和妳開個玩笑罷了。而且，我不會拾棄自己的家人！我買了胃藥回來哩……咦，妳怎麼哭了？」阿聞以為自己開的玩笑太大，以致ANITA無故啜泣起來。

當阿聞看到桌上的菜，也驚訝得說不出話。

「噢！太美味了！原來妳一直隱藏實力。」豐豐是第一個拍馬屁。

「妳從峨嵋派的廚房回來嗎？」老爸亂講話。

「將來有妳做媳婦，我就輕鬆多了。」老媽寬懷。

只有阿聞一個人嘴硬，死也不肯說句稱讚的話。

突然發現ANITA指頭上的可愛繃帶，一隻、兩隻……幾乎十隻都貼滿了，才明白她為這頓飯花了很多心思。

阿聞舉著筷子，邊吃邊說：「嗯嗯……的確有所進步，不過離我要求的還差得遠……」他嘴巴這麼說，卻將盤子上的菜通通吃光。

ANITA只顧望著阿聞的吃相，笑逐顏開。

她的笑容燦爛得好像天使。

這一個月來，她每天都在鑽研廚藝和編織針法。同學們複習課業的時候，她就拿螢光筆在食譜上作標記；同學們為準備公開試忙翻天，她就在廚藝班進行地獄式集訓；老師指導她，問她課業上有沒有問題，她就從紙袋裡拿出圍巾，向老師請教打圍巾的技巧。

大傻瓜ANITA，最大的心願就是做個好妻子。

飯後，阿聞送ANITA回家。

這是她一天裡最幸福的時光。

她這麼愛去阿聞家賴著不走，其中一個原因就是無論有多晚，阿聞都會送她回家。雖然他老是強調「距離超過三個地鐵站的感情無法發展」，口頭上又不情願，但對她還是很溫柔。

高級住宅區裡，夜間的人行道人少得很。

正是談情說愛的好機會。

她的廢話差不多夠寫一部長篇小說，但阿聞都會聆聽，陪她痴狂，陪她大笑。

有時天氣變涼，他會脫下外套，替她披上。

在這樣的時刻，才感受到阿聞對她的重視。

「妳的手機呢？」阿聞問起。

「不……不見了。」ANITA古怪地笑了笑。

阿聞一眼就看出她在說謊。

不久前她看中一支手機，他知道的——假裝丟失了手機，就是希望他買新的手機給她吧？

最近她舉止怪異，真的令人頗擔心……

「阿聞，我很麻煩嗎？」

「的確啊，妳是個麻煩鬼，但麻煩得很親切。」

趁著她還沒有笑完，他叫她伸出右手。

「這是給妳的獎勵。」

他在她的無名指上套上一只戒指。

那是一只用紙幣摺成的戒指。

「這是求婚嗎？」

「呵，這樣的戒指，我一年內不知送出多少只……」

街燈下，ANITA傻傻笑著，呆呆看著手上的戒指，偷偷擦掉眼淚，忽然下定決心說：

「阿聞，不如我們私奔吧！」

他只當她說笑，撫撫她的頭髮，轉身就走。

「阿聞，你會永遠記得我吧？」她大叫。

「傻瓜。」他背著她說。

那一剎那，雖然只是一瞬間，阿聞感覺到有幾滴溫熱又飽含寂寞和悲傷的淚水滴落在自己衣衫上，落在迷惘的心上，落在徬徨的路上。

她哭了？

阿聞回頭，發覺ANITA還在那裡，目光一往情深……她一直盯著自己的背影嗎？他有點犯傻地向她微笑，向她揮揮手，邁開腳步又往前走，感覺自己消失在街燈的盡頭。

他很怕很怕，「我愛妳」是句道別的咒語，當他破戒說出口，她就會離他而去。

從酒吧下班回家後，在床上躺下，盯著窗簾外的陽光，阿聞興奮得幾乎睡不著。

明天就要發薪水了，他已想好一大堆花錢計畫。

其中一項最大的支出就是「買手機給ANITA」。

跟ANITA一起購物，最恐怖是她那種不看價格的習慣。兩個月前一起逛街，她看中一支日系手機，望了他一眼，嚇得他連寒毛都豎了起來。

當時，她說：「這種東西，當然要由男朋友送……我的朋友豬腳玲，雙腳粗得像豬腳，她男友也肯買手機送她呀……我很羨慕啊！」

當時，他說：「現在的年輕人眞要不得，居然做出肉體交易。」

嘴巴雖然壞得可以，但他還是記住她想要的手機。

相識至今，阿聞從未買過超過一百元的禮物給她，身爲有血有淚的男人，到底也是會受到良心上的責備。

阿聞已經預訂她看中的那支手機，還買了情侶手機吊飾——灰狼和小紅帽的小吊偶，互相有磁石吸引，兩者一接近，狼會咬住小紅帽的屁股。

送禮物給ANITA很好玩的，她眞的會哭出來，對他更加痴纏……阿聞不禁想起前天與安先生的對談。

要不要送這樣的禮物給ANITA？阿聞困惑了。

他作了場夢，一個由久遠的回憶拼湊而成的夢。

在那片空寂而染滿血泊的森林，那個晚上，他好像看到了一對對令人膽寒的紅眼。他變成了一匹狼。胸口上永遠的傷痕，令他渴望愛，卻又永遠不敢接受愛。但是有個小女孩不怕他，怎麼趕也趕不走，無論他如何傷害她，她還是會回來自己身邊。

日子久了，狼居然開始憂心，害怕小女孩不會再回來……

突然，鼻頭出現一陣怪味。

夢也在這時中斷了。

眼縫裡，豐豐正搖著臭襪子在他臉上掃來掃去。

神經病！阿聞推開他之後，又再度閉上眼睛。

但他轉念一想，就感到此事很不尋常。

「你怎麼不接電話呀？」豐豐氣急敗壞地說，「ANITA要離開了！她要去加拿大！」

「今天是愚人節嗎？」阿聞看看月曆，今天已是四月二日，愚人節是昨日。接著又從背包中取出手機，總共有一百九十三通未接來電，全是同一個號碼，因為轉成震動模式，所以不知情。

「剛剛ANITA在樓下等我，這是她拜託我交給你的禮物！」豐豐拿出一個紙袋，叫阿聞盡快拆開。

「不會是炸彈吧？」阿聞有點緊張，才亂說笑。他撕開封條，伸手探進紙袋，拉出一條長長的圍巾。

雪白的圍巾。摺起一半，還可以由他的頭頂垂到地上。

拆開信封，有幾片絲網狀物體掉了下來。

湊近一看，發現是楓葉，每片顏色不同，總共有六片。

六片楓葉上，都寫滿密密麻麻的字。

而這些段落串連起來，就是一首動人的詩。

詩的名字叫〈沒有什麼可比我愛你更深〉——

如果有一萬年的時間，

我就可以變成撒哈拉沙漠的沙，

將天長地久的日落變成橫紋的形狀。

如果有一千年的時間，

我希望有掃把星那條長尾巴，

環繞你身邊打轉直到你愛上我。

如果有一百年的時間，
我要發明放得進人體的大鎖，
不許別的女人開啓你心裡的保險箱。

如果還有十年的時間，
我會替你買下所有家電，
給你藉口娶個不會做家務的笨蛋。

如果還有一年的時間，
我要寫滿一片片楓葉上的字，
透過濃密的葉脈來掩飾羞怯的愛意。

如果有一個月的時間，

剛好夠我織成兩個你高的圍巾，
讓我倆繫在一塊兒在鬧市中逛半天。

可是，我只剩下一天的時間。
我能夠做什麼呢……？

我想說……

海有多深，谷有多深，
沒有什麼可比我愛你更深。

12 尼加拉瓜的淚水

離別這天，ANITA還是決定親口向阿聞告別。

無奈，亦無緣，她打了接近二百通電話給阿聞，仍然無人接聽。

坐上家裡的房車朝機場出發。ANITA腦袋裡的傻瓜細菌又再發作，仍是不死心，淚眼婆娑地央求爸爸讓她去阿聞家，放下告別的禮物。

在幸運之神眷顧下，她在樓下遇見阿聞的弟弟，於是將紙袋託付給他。

「他一向只當我是妹妹，我和阿聞是不可能的……」抱著這個想法的話，和阿聞分開也是理所當然，她也不會那麼難過了。

豐豐冒著會被揍一頓的危險，揭穿老哥的祕密：

「不是的！其實老哥很在乎妳呢！有一晚老哥酒後吐眞言，他說一直不接受妳，是因爲他怕回報不了妳的愛，怕妳會受到傷害。他一直都很在乎妳！」

是謊話嗎？ANITA實在不相信阿聞在乎她這個事實。

哪怕只是美麗的謊言，她也願意永遠相信。

「一直瞞著他去國外唸書的事，我是個非常自私的傢伙……因爲我覺得這樣不告而別，他會有點遺憾，或許會懷念我一輩子。」

臨別前，ANITA天天哭成淚人兒。

阿聞是壞蛋，經常欺負她，但她不想再和他吵架了，她珍惜和他相處的時光，因而學會了體諒；阿聞很花心，從不在意她，但他從沒作出背叛感情的事，讓她學會了相信。

阿聞的嘴巴比石頭更硬，從來都不會讚美，只有在她做錯事時拿她當笑柄……

就是這個壞透了的男人，讓她懂了愛情。

她就是愛上了這個又壞又花心又嘴硬的阿聞。

假如，可以從頭再選擇一遍，她還是會愛上他……

機場裡，時間正編織愁絲，淚珠如斷掉的詩句。

ANITA已坐在登機門附近。

無論如何，阿聞都不可能出現。

回憶的紀念冊，一頁頁翻開——

約會時，她穿很薄的衣服，扯著阿聞的臂彎，楚楚動人凝望著他。阿聞嘴裡說：「不要不要，我也很怕冷呢……」被他弄得快哭了，她才發覺肩上多了件外套，心頭暖暖的……

雨天時，他總會爲她撐起雨傘。

回家時，他附和陰森的夜色，不斷在她耳邊說鬼故事，嚇得她掩著耳朵……

冷戰時，他熟知她的性格，所以不理不睬。亦如他所料，過不了三天，她就會搖尾乞憐地回去……

放學時，她跟蹤他回家，他偶爾回首向她微笑……

這是兩人的追逐遊戲，柏拉圖式的愛情長跑。

她篤信「日久生情」的道理，然而，阿聞和她的關係始終如一……

爲了這段緣，她到廟宇求了一千張籤，將所有上上籤存起……

一千張籤，恰好是她和他相識的天數。

和他相處，還有很多未說完的話……

手心中有阿聞摺給她的戒指，還有一疊照片，那是澳門之旅的回憶。其中有張照片，她笑得好可愛，他不情願和她牽手，只互相扣著對方的小指頭。

指頭與指頭相連……

她的喜怒哀樂，就是隨著他而變色，痛哭是爲了他，心酸是爲了他，大笑也是爲了他……

「開往加拿大的A9413號航班，現正開始登機，請乘客準備護照和登機證……」

其他乘客早已急不可耐地排隊。

ANITA握著登機證，面對登機門，卻猶豫不決。

「我想在這裡多待一會。」她固執地說，於是爸爸只好陪她坐在候機區的座位上。

她四處張望，存著一絲盼望，仍然對一個人念念不忘。

可是，任憑他有滔天法力，也不可能進來這裡，因爲這裡只准乘客和機場工作人員進出。

「爸爸，我要去打通電話。」

ANITA站起來，眼裡有著希望。

「喂！喂！」爸爸大喊，力量不足以令女兒回頭。

抱著一線希望的她，在飛機起航前十分鐘，沿著回頭路跑，終於找到投幣式電話。

一枚硬幣！這是最後的希望了！

傻瓜在呆等，等了又等。

就只剩下斷線的訊號音。

當希望變成失望，當憧憬變成泡影，不得不接受現實。

誰教我那麼笨！誰教我弄什麼不告而別……阿聞這麼吝嗇，即使豐豐來得及通知他，他也一定不會搭乘計程車，也不會坐什麼機場快線趕來，依她看，他連十多元的機場巴士都捨不得搭……他也許以爲她會像以前那樣，過不了幾天，她又會垂著頭回到他身邊……

「這位美麗的姑娘，妳需要俊男送機的特別服務嗎？」

不可能、不可能！

ANITA一回眸，就看到那個魂牽夢縈的人。

她幾乎連靈魂都呼了出來，驚喜得用雙手捂住嘴，淚水便簌簌地流出指縫。

那雙明星般閃亮的眸子，就在她的面前。

阿聞來了。

爲什麼你總是這麼浪漫？總是在最意料不到的地方出現？ANITA想都來不及想，便撲進阿聞的懷裡。

感動的淚水如尼加拉瓜大瀑布般泉湧。

——和你相遇是命中註定的事，音調表情已被拍成影像儲存，留聲機中將你的妙語播完又播……回憶是遠的，感覺是近的，愛是朦朧的，心是清晰的，她曾好好凝望阿聞，盡量記住他臉上每個細節。

那晚她偷望著他熟睡，不知不覺流了很多淚。

可不想讓他看見自己這雙眼紅腫的樣子……

這時才看清楚阿聞，原來他是趕來的，T恤短褲，滿身汗水，穿著雙拖鞋，就在這國際大都會機場裡奔跑……一想到這裡，她又忍不住哇哇大哭。

「傻瓜……爲什麼哭得這麼厲害？」

「我是『阿聞敏感症』的嚴重患者嘛！你……你是怎麼進來的？」她笑中有淚。

「我想到最壞的可能性，所以帶了護照，買了張機票……我忘了帶錢包，幸好有朋友在機場工作，便去向她借錢。」他一語情深。

「那朋友是女的吧？」在這個時候，她還要吃醋。

「不要哭、不要哭……妳一哭，我就會想抱妳。妳忘了嗎？我患有『安妮塔無尾熊抱抱症』。」

阿聞不斷安撫ANITA，輕輕拉扯她的臉。到了這一刻，也不計較那麼多，就和她在眾目睽睽之下緊緊相擁。

他的襯衫沾滿她的淚水，暖暖的感覺叫「熱戀」。

「阿聞，你喜歡我吧？」ANITA喜極而問。

「『喜歡』和『在一起』是兩碼子的事。」阿聞眨眨眼。

「如果我一直在你身邊，會不會有嫁你的一天？」

阿聞靜默了一會，才狠下心腸說：

「不會。」

恍恍惚惚之間，她抬起尖尖的下頷，「嗯」地一聲應話，燦爛地笑了出來。那種笑容，天眞得令人憐愛，亦包含了無盡的諒解。

「沒了我的糾纏，你就可以肆無忌憚地找女人……」

「哈哈，是呢……但我答應妳，我會爲妳齋戒七天，在妳走後的七天內，我都不會碰任何女人。」

「可是！無論你如何對我，我還是想留在你身邊！我不想走了、不想走了！」來到這一刻，ANITA竟想賴著不走，抽抽噎噎地哭個沒完沒了。

航空公司正做出最後召集，廣播中播出了ANITA的名字。

阿聞心想，是分手的時候了。

「我們的基因不合，不可能在一起。到了國外，妳可不要再做笨蛋，男人不會珍惜送上門的女人。男人都是騙子，妳不想再被我這樣的壞蛋騙倒，要改掉呆頭呆腦的性格……要盡快找個男朋友，我在這裡也會找個女朋友，這樣我倆就會平分秋色……這一次千萬別輸給我！」

她是笨蛋，他是壞蛋，壞蛋應該叫笨蛋滾蛋。

阿聞咬咬牙，止著心中的血，忍痛地說：

「我會忘記妳，妳也會忘記我吧？」

他俯身，在她嘴唇和面頰之間，輕輕吻下。

那個吻很輕很輕……輕盈得教人心碎。

再見。

阿聞轉身後直走到底，一直沒有再回頭。

就算她哭乾了眼淚，他也不會回頭。

但在回頭前，他已用盡每一秒，目不轉睛地凝望她的臉龐，無論經過多少物換星移的韶華，也要永遠記住愛人的青春模樣。

一輩子的時間有多長，他就用一輩子的時間來記住她。

天空上的雲朵留下飛機滑翔經過的痕跡。加拿大恰好在地球的另一端，他與她之間的距離，也就是地球上最遠的距離。

他該感謝上天，給他向她道別的機會。

這個傻女孩！她一直以爲他只當她是妹妹……從看見她孤伶伶的身影開始，他就決定要保護她，雖然一直都在批評她的廚藝，但那些難吃的菜，卻勾起他靈魂深處那種「家」的感覺。

和她相處這三年間……因爲有傻瓜，有人任由他欺負，所以他每天都很快樂……

可是，內心破了個大洞的他，已沒有信心可以守住對她的愛。

她的夢想是穿婚紗，這是他一輩子也無法替她實現的夢……像他這種人，是不可以得到愛的。

他的心中似乎有口井，裡面很空、很空，深不見底。

我的心，在冰箱內冷藏著。

我不敢去愛人，因爲欠缺一顆紅草莓的心。

我在寂寞裡等候，因爲有約定要遵守——

□

「媽媽，我知道妳的心被那個壞人偷走了。爸爸留給我的錢，我全部不想要……如果有錢，媽媽就會幸福吧？我成績不好，害妳傷心了。其實我不壞，我做那麼多壞事，只是希望妳多看我一眼……世上最疼我的人就是妳和爸爸，如果你們也不要我，我活下去也沒有意義。」

「媽媽，假如我死了，我希望妳還會記得我……」

孩子買了這有錄音功能的玩具，原來是想錄下自己的話，希望媽媽永遠不會忘記自己……

聲音的記憶是沉重的。

車禍的傷者被一一推進手術室，救護車的鳴笛仍在耳窩中迴盪。

在外地的醫院，人生路不熟，但孩子還是在哭聲中一一堅強面對，懂得回答警察的問話，也在他們幫助下聯絡親人。

那個想掐死媽媽的壞人，最後傷重不治。

至於媽媽，則被救活了，但失血過多，腦部曾一度缺氧。

現在陷入昏迷。

病房裡，孩子望著昏迷不醒的媽媽。

美麗的媽媽就像童話故事裡的睡美人，面容楚楚地躺在雪白色病床上。

「她變成植物人了……」叔叔說。

「不，她是睡美人。」孩子微笑。

無論多久，孩子都會等他的媽媽醒來。

S國的醫療技術在世上是數一數二的，但費用也非常昂貴。孩子和叔叔商量過後，決定讓媽媽留在S國接受治療。

爲了支付龐大的醫療費用，孩子賣掉爸爸剩下來的物業，剛開始幾年還應付有餘。孩子慢慢長成少年，再由少年變成大人，通貨膨脹的壓力也愈來愈大，便有了入不敷出的情況。

爸爸立遺囑的時候，根本不會想到這樣的意外。

隨著歲數增長，每年領取的錢多了，一切就會改善過來……

從那一天開始，他就住在叔叔家裡，成爲叔叔的家人。

叔叔是個安於平凡的人。

他叫孩子過來，撫著孩子的頭髮，疼惜亡兄的遺子。

「阿聞，如果你喜歡，可以叫我一聲『爸爸』啊，我會代替哥哥把你當作兒子看待……」

不知哪裡來的族譜，阿聞這一輩的男生會以「宇」爲名。王宇豐是叔叔的親生兒子，他很遲才學會講話。阿聞兒時也和他一塊兒玩耍，和他同睡一床，早就將他當作親弟弟……

阿聞進入這個家時，阿豐還不到五歲。阿聞自小就會欺負傻乎乎的阿豐，有事沒事就和他抬槓，但也無損兄弟間的感情。

叔叔一家將阿聞視如己出，刻意避免在阿豐面前提起阿聞的身世。

因此，連阿豐也不知道他的過去。

甚至，連ANITA也不知道他的過去。

阿聞還在等他的親生媽媽醒過來。

他相信神會看見他的誠意，除了每年領到的遺產，他還會用自己的雙手來賺錢，爲龐大的醫療費用付出一分力。

那份遺囑的用意，阿聞是明白的，反正他也覺得眞正的愛情並不該受到一紙契約的束縛。

他要繼續做遺產繼承人，爲了救媽媽，也爲了領取爸爸在保險箱裡的遺物——要等到三十歲。

這是他和爸爸的約定……

她是整天想著結婚的傻女孩，夢想是穿上婚紗。

正因爲如此，阿聞不想傷害她，也一直沒有接受她的愛。

她的年紀還那麼小，還不懂戀愛。

她只會不計較回報地付出愛。

但，就是這個傻乎乎的少女，讓他懂了什麼是戀愛……

沒有什麼可比我愛你更深

「我有個喜歡的人。」
「她在哪裡？」
「她不在哪裡，她就在我的心裡。」

13 織女給牛郎的圍巾

200x年12月22日。她走後的第一年。

「有沒有一首歌，會讓你想起一個人？

「這是屬於你和她的主題曲。

「你曾經將這首歌設定爲電話鈴聲，在孤單的夜裡渴望她會打來。然後有一天你換掉了鈴聲，她也已在你的生命裡消失了。

「Yesterday, all my troubles seemed so far away……」

200x年12月22日。她走後的第二年。

「我被巫婆施了咒語，這個咒語至今仍未破解。

「我不敢去愛人，因爲欠缺一顆紅草莓的心。

「我的心，在冰箱內冷藏著，如被壓扁的罐頭。

「我在寂寞裡等候，因爲有約定要遵守——

「對於接近我的女人，我會毫不客氣地趕走。

「我不能再愛人了，誰能來解開我心鎖的毒咒？」

200x年12月22日。她走後的第三年。

「我不能給妳一生一世的承諾，我可以給妳的，是張叫『一牛一世』的證書……一世也是妳的牛，任勞任怨，對妳忠心耿耿。

「我不能給妳長相廝守的保證，我可以給妳的，是項叫『長相廁守』的服務……看守著妳家的廁所，替妳做厭惡的清潔工作。

「說到底，我無法給妳任何正經的誓約。

「Why she had to go?·She wouldn't say.

「我在想，當時爲什麼要讓妳走呢？

「我有十隻指頭，然而十指緊扣都無力挽留妳。

「當時的我，能給妳什麼呢？連我自己也不清楚。」

200x年12月22日。她走後的第四年。

「世上有種果實，叫作諾言果。

「這種果實是在發誓時吃的，咀嚼時非常甜美。吃了諾言果的人，必須遵守諾言，如果背棄諾言，諾言果就會在立誓者的大腸裡孵化成『阿諾蟲』，『阿諾蟲』會咬破他的腸子，讓負心人飽受切腹般的痛楚。

「諾言果是一雙一對的。要兩人同吃。

「很多人都害怕負責任的戀愛，當雙方不再重視諾言，諾言果會逐漸被消化，這個諾言亦不再有意義。

「最可憐的情況是——諾言果只遺留在其中一方體內。

「信不信世上真有諾言果？你敢吃嗎？」

200x年12月22日。她走後的第五年。

「昨日，愛情就像場簡單的遊戲。

「這場遊戲中，有人以爲謊言是最厲害的武器，其實諾言才是更厲害的終極兵器。

「年輕時，我們不懂何謂勝利。

「說錯了一句話，愛人就會離去……」

現在是她走後的第六年。冬天。

千紅萬紫的年代，仍然缺乏眞愛。

舊碼頭的鐘樓被拆，瓦礫隨風飄散在海港。迷霧深鎖中，媚俗的燈光亂竄，東方之珠的夜色愈來愈罕有。星爸爸咖啡店的店點愈來愈多，匆匆忙忙，紅燈綠燈，逝去的愛情已被當成污水般大量處理。

口口聲聲說摸不著愛情，卻被感情弄得糊塗的男女。

公寓的燈是開著的，人正在熟睡。

他從來不用鬧鐘。

某時某刻，總會有個女人叫他起床，比鬧鐘更準時。

床邊的手機響起，多年不變，仍是那首「YESTERDAY」的音樂，只不過以前單調的電子音符，現在已變成清晰的MP3鈴聲。

「喂，阿聞，起床啦！」

「早安……」

「早安？現在已經是下午兩點！」

「對我來說，現在才是新的一天的開始嘛！唔，待會見。」

剛剛在手機螢幕上出現的名字是「小儀」。

阿聞的床是嵌在架高地板裡的，他一踢開被窩，翻身沿著地板滾到牆邊，在牆邊的遙控面板上按了按，浴室裡的浴缸就開始自動放水。

他特別喜歡這種劃時代的懶人科技產品。

浴缸將滿時，自動發出響鳴，阿聞這才伸伸懶腰，走進浴室，然後是一連串令女觀眾噴血的畫面……儘管浴室裡沒有女觀眾。

阿聞裸著上身，照著鏡子，鏡中的自己英姿煥發，毛巾遮掩的位置恰到好處——

要是鏡子是個魅力測量儀，鏡子一定會馬上爆開。

今天戴上什麼顏色的隱形眼鏡好呢？阿聞備有各種顏色的隱形鏡片：火山紅、太陽橙、月亮黃、森林綠、深海藍、仙霞紫……等等，一應俱全。

穿著被評為聖物的潮流T恤，內襯白長袖圍衣，配上項鍊，腰繫銀環假腰帶五分褲，阿聞簡直帥得沒話說。

之後，阿聞到咖啡館吃早餐，他的早餐是別人的下午茶。

有些不明就裡的人問他從事什麼工作，他就會回答：「夜間工作者。」

這是實話。

阿聞總是說，自己的腦細胞在晚間最活躍。

他一邊喝咖啡，一邊用手機看網上報紙，倒不是爲了省錢，而是眞的方便。每當讀到有趣的新聞，一按鍵就可以存檔。

想起今天是個特別的日子，阿聞回到家，從衣櫃裡拿出紙袋，再從紙袋裡拿出條圍巾。白皚皚的圍巾長得很，是自己身高的兩倍。他把圍巾繞著頭頸轉了五個圈，照照鏡子，暖意洋洋。

每當冬天來臨，他就會披上那條長長的圍巾。

只此一條，從不改變。

他就像耍弄飛刀，把玩著新車的鑰匙。

工作開始前，他駕駛跑車沿著舊路走一遍，那段路是從前他送她回家的路線，那段路鋪滿星星碎片，在寂寞的夜空下，他總會重回舊地，懷念過去。

現在他就在附近上班。

跑車駛入電台廣播公司停車場。

阿聞一回到辦公室，張倩儀就轉過活動椅，笑咪咪地盯著他。

「今天是十二月二十二日啊！」她搶著說。

「嗯。」阿聞輕輕點點頭。

聖誕節前夕，他的辦公桌上總是堆滿「番薯」寄來的信件和禮物。

番薯、番薯，這是阿聞對支持者的特別稱呼，要比什麼粉絲呀、風扇呀的稱謂親切得多……此名稱由他首創，無奈當年沒有申請專利權。

對他來說，某種程度上處理「番薯」的禮物，也是沉重的工作。

每年，在這個日子前後，他都會在禮物堆中尋找一份特別的禮物。

找到了！那是個包裝得異常精美的國際郵包，包裹裡有個可愛的布偶，布偶上團團繞著一條手織圍巾……郵戳上的寄件國家是加拿大。

這是個沒有署名的包裹。

但阿聞知道寄件人是誰。

張倩儀不禁好奇起來，每年都會有一模一樣的包裹寄來，同樣是送上一條圍巾，而阿聞亦特別珍重這個人寄來的禮物。

每年，在十二月二十二日這個日子，阿聞也會為某個女人播放同一首歌曲。

張倩儀也看出來了，阿聞很重視這個女人。

「寄禮物的是誰？」

「一年一條圍巾，這麼會織東西，當然就是『織女』啊！哈哈。」

即使天塌下來，阿聞說起話來也不正經，沒人弄得清他哪一句是眞，也沒人摸得透哪一句是假。

曾有個聽眾打電話來，直接問阿聞有沒有喜歡的人。

「我有個喜歡的人。」

「她在哪裡？」

「她不在哪裡，她就在我的心裡。」

此話一出，無數女聽眾暈死在收音機前面。

花花公子一旦動情，這種愛戀也可以一生一世。

「要從事一門從女性身上賺錢的行業。」

阿聞是這樣說過的。

他成功了，現在是人氣和身價極高的電台節目主持人。

眾所皆知，阿聞重女輕男，所以他的支持者多是女性。他的口德依然很差，是眾多男人的公敵，然而，他亦得到千千萬萬女人的鍾情。

女人就是喜歡壞男人，像他。

有錢、有屋、有車、有外貌、有才華，無敵。

像阿聞這樣的人，竟然一直沒有證據確鑿的桃色緋聞，簡直匪夷所思得連法克先生也大呼離奇。

正因爲這樣，公司將阿聞奉爲電台之寶。這種「唯我獨身」的感情態度，對偶像型主持人來說，確實是令人氣永遠維持在高位的有利條件，更令跟蹤他的「狗仔隊」經常悶得要向粉牆大吐苦水。

□

節目即將開始，阿聞和張倩儀進入錄音室。

「美羊羊與大色狼」——

這個在深夜播放的人氣電台節目，主持人是王宇聞和張倩儀這對拍檔。

男女之間的感情關係薄弱，遇到考驗就決定分手，碰上困難就找逃避的藉口。

然而，卻有人在這個失去眞愛的時代，幫人尋找逝去已久的眞愛。

阿聞受歡迎不在話下，而張倩儀也有一定的支持者。阿聞分析過她受歡迎的原因：一、她是冰清玉潔之軀、男人最喜歡處女牌的BISCUIT。二、她有顆不嫁的心，很多人想深入了解她不嫁的理由。三、她的姿色比起三級片艷星毫不遜色。

「美羊羊、醜羊羊、胖羊羊、傻羊羊、怪羊羊……口口聲聲說摸不著愛情，卻被感情弄得糊塗的男女……本節目由『大肥羊』連鎖飲食集團特別贊助……」

開場音樂和贊助商廣告播放完畢，節目正式開始。

阿聞戴上耳罩，對著麥克風講話：

「回憶，是什麼樣的氣味？是她用過的香水？是洗髮精？是冰糖葫蘆的胴體？還是魔鬼化身的臭鞋？鼻子的回憶有時比眼睛還要深刻。」

「有女聽眾說，她的男朋友愛吃臭豆腐。」

「有男聽眾說，他的女朋友愛嗅他的屁。」

「再這樣說冷笑話，聽眾就要投訴了……總而言之，回憶是『樸素』的，所以就是『撲朔』迷離……」

「昨日，就是回憶的原產地。」

「披頭四是什麼人？N年前我問這個問題，人家一定笑我無知。最近我得到的答案，就是『披頭散髮的四個人』……『YESTERDAY』是披頭四樂隊的流行歌曲。根據『金氏世界紀錄大全』，『YESTERDAY』是有史以來翻唱次數最多的歌曲。」

阿聞特地挑了黑膠唱片的版本來播放。

黑膠唱片在唱盤上旋轉，一圈又一圈，單聲道音軌飄揚出深情的嗓音。唱針緩緩劃過，復古的聲音便活了起來，從天國返回人間，時光彷彿隨著音樂在悠悠倒流。

奏著那首叫「YESTERDAY」的別離曲。

在憂傷的旋律之中，阿聞的思緒不斷在綿延——

世上有種承諾，並不是只靠言語來遵守。

世上有份深情，不必依賴表情來傳情達意。

也許，我一直都活在過去。

也許，我是爲過去而活。

但這有什麼不好？我至少擁有過去，總好過什麼都沒有。

妳聽到了嗎？每年妳生日的時候，我都爲妳播放一首歌曲。

一首屬於我和妳的主題曲。

這夜，下著毛毛雨。

阿聞撐著雨傘外出。

帶著隨身聽裡一首重播的音樂離開。

在滿天飄雨的天空下，他想起了和她的邂逅……

14 回憶的香水是她的氣味

假如你有個同學在某A片中做主角，你會不會捧場？又假如你的同學成就更高，成了色情產業界的大亨，你會有何感想？

矮伯裘就是這間「阿四多媒體」的行政總裁。

阿聞也說過，矮伯裘看似沒用，其實是個很有頭腦的人。在呼朋引伴和領導方面的才能，阿聞自愧不如矮伯裘。當兩人還是好朋友，阿聞就暗暗覺得，這個矮子將來會是個大人物。

矮伯裘的老父，是間電影發行公司的大股東。

畢業後，矮伯裘入主爸爸公司，向行政高層演說，提出一番滿懷熱誠和壯志的改革大計：「人類的兩個最大慾望，就是『食』和『性』，這不是孔子而是佛洛伊德說的。所以我們要改革，一方面推出飲食雜誌，一方面在『三級十八禁』的基礎上，推廣令人大開眼界的色情文化，開拓本土A片、A漫、A遊，A化這個社會，要將嶄新的藝術喜劇元素注入A片！」

幾年來，「阿四多媒體」開始壟斷兩岸三地及東南亞地區的色情媒體市場。公司上下所發行的刊物和影片題材多元化，最暢銷的夜生活雜誌是他們的，瀏覽人數最多的成人網站也是他們的，上至豪門嫖客，下至急色市民，全都是龐大的消費者群。

此外，他們的電影配音組非常有創意，對白搞笑，將喜劇元素注入A片，創造了空前絕後的商業價值。去年公司推出一套名爲「模擬妓寨東莞城」的電腦遊戲，大賣特賣，公司的盈利連翻數十倍，矮伯裘的事業如日中天。

矮伯裘創辦多本八卦雜誌，從阿聞當年玩弄女人的手段當中得到啓發，再請專業的私家偵探來爲新入行的記者提供培訓。

挖新聞、造新聞、用錢買新聞……無所不用其極，別人是挑戰道德底線的極限，而他是一再創造道德底線的極限。

「眞東西沒有娛樂價值，假東西人們才愛看。」

矮伯裘接受其他雜誌的訪問，意氣風發地說。

財經雜誌這期的風雲人物就是矮伯裘。

「他開竅了，這樣做才會成功。」

阿聞看到昔日同窗的成就，給予很高的評價。

求學時期，女孩子還有理想，迷的是有外貌和有才華的男人。出社會混過幾年，原來柴米油鹽都有價格，她們頓悟金錢的可貴，矮伯裘這類「金融機構」自然供不應求。矮伯裘成了紅燈區的偶像人物，只要被他賞識的女人，都有機會一刊成名。

現在的他呼風喚雨，女人不再嫌棄他，反而向他「飛擒大咬」……

這年頭，「財子」更勝「才子」萬倍，未婚女性看到女明星嫁給老富豪的新聞，不再是嗤之以鼻，而是紛紛把網路上的個人訊息改為：「怎麼我不是XXX？這世界太不公平了！」

現在矮伯裘壓根兒沒有想過要結婚。

阿聞接受「阿四傳媒」旗下色情雜誌〈艷照門〉的訪問。

張倩儀傻眼了，還以為自己聽錯。

「你是不是傻子？接受這種雜誌的訪問？」

「人家連挑戰書都寄來了，沒理由不去吧？」

「我知道你去是為了爭一口氣，但現在道德價值天天貶值，記者以上法庭為榮……你這麼胡搞，搞不好會身敗名裂！」

阿聞只把別人的意見當作耳邊風。

到了訪問當日，阿聞來到約定餐廳，那記者吞吞吐吐的，搔著頭說集團的裘老板想來旁觀這次採訪……相信這人一定摸不著頭腦，不知道阿聞與矮伯裘之間的舊恨。

剛坐下不久，就看到矮伯裘的跑車，車牌是「4444」，充滿煞氣。

闊別多年，矮伯裘的容貌沒多大轉變，高度也是一樣，不過就是多了種成功人士的氣魄。

看著他，阿聞想起拿破崙這個人物。

兩個警察突然出現，攔住他說：「這裡不准停車。」

矮伯裘懶得多說，只拜託警察先生寫好罰單後，麻煩好好放在車頭的玻璃上，千萬別被風吹走。

他走進餐廳，坐在阿聞旁邊的半月形大軟座，點起大雪茄，竟似隔岸觀火，做這次採訪的觀眾。

「先生，這裡是非吸菸區。」服務生過來對矮伯裘勸說，順手指向牆上「不准吸菸」的牌子。

矮伯裘吐出個煙圈，由錢包裡拿出一大疊鈔票，明晃晃地擺在餐桌上，囂張地說：「要多少罰款？請隨便。」

接著他發出咯咯的笑聲，斜睨了阿聞一眼。

這種恃財凌人的態度，阿聞非常欣賞。

訪問開始了。

「阿聞，客氣話也得先講一講，我聽過你的節目，你的嘴巴非常厲害，隨時都會放出『糖衣砲彈』。」

「我也看過你們的雜誌，你們的封面女郎也非常厲害，胸口上都有兩枚導彈，令我不禁聯想到威脅世界的核武問題。」

「謝謝……聽說，你入行的經過相當傳奇。可不可以說一下？」

「這個嘛……當年錄音帶還不是古董時，我每天錄下一段十分鐘的深情留言，寄給電台……寄出三十盒左右，那剛上班的接待處女孩以爲是恐嚇炸彈，就報警了……之後這樣這樣、那樣那樣，我又通過了『DJ大逃殺戰場』的選拔，賣身給電台，一畢業就當上電台節目主持人，過程相當幸運。」

如阿聞所料，這樣的問題只是幌子，尖銳的問題陸續出現了：

「又聽說……小道消息盛傳，你在大學時辦過『狼的賣淫會所』，專門誘騙女同學賣淫，大量收購她們的內衣褲變賣，又在教室裡舉辦色情派對……可確有其事？」

「我不否認我是大色狼，連八十歲的掃地婆婆也不肯放過，這也是人人皆知的事……我覺得，現在不再是討論大學生應否援助交際的問題，而是討論應該要收多少錢的問題……我念大學時最後悔的事，就是沒有參與A片的演出。」

「那……你覺得自己會染上愛滋病嗎？」

「我不擔心自己，倒是擔心你的爸媽會不會罹患腦癌和膀胱炎。」

記者捏了一把冷汗，再問下去：

「那……你有心儀的對象嗎？」

「有，我有個喜歡的人。」

「眞的？她在哪裡？」

「她在我的心裡。」

「爲什麼？」

「遙遠的她，血癌已帶走她……」

「……」

接著記者問了很多問題，都難不倒阿聞，因爲他根本就是胡亂回答。

訪問完畢，阿聞向矮伯裘扮了個鬼臉，笑容滿面地離開餐廳。

□

「果然如此……」

事隔多年，矮伯裘仍然痛恨阿聞，有財有勢之後，最想做的事，就是在名下的雜誌爆出阿聞的醜聞，無奈一直找不到致命的痛處。

矮伯裘心想：「無論我怎樣捉弄他，他都不會受到傷害。阿聞這個人，根本就不在乎名氣和緋聞。看來，向他報復的唯一方法，就是朝他身邊的人下手……」

矮伯裘撥出一通電話，聯絡公司內部的祕密部隊——PENGUIN TEAM，又名「企鵝特遣隊」。這個祕密部隊由精英組成，被公司培訓成「沒有感情的魔鬼記者」，乃是「阿四多媒體」的王牌武器，絕不是一般的「狗仔隊」成員可以比擬。

「這麼多年來，每年的十二月二十二日，阿聞都爲某個女人播放歌曲，替我查出這個女人的身分！」

矮伯裘發出命令。

專業的第六感告訴他，阿聞那麼重視那個女人，搜出這樣的新聞一定會有意想不到的價值。

連阿聞都想不到的是，整個訪問只是個幌子，訪問結束後，還有其他記者在背後跟蹤他。

阿聞對那記者所說的話，並非全部是假的。

當年他在張倩儀慫恿之下，參加了「ＤＪ大逃殺戰場」的招募會，阿聞和張倩儀本身的學科和傳媒相關，加上各有各的本事，結果就一路闖關，成為最後的入圍者。

電台高層看中阿聞，覺得這個年輕人有樣貌、有自信，雖然說話荒誕不經，卻有令人難以抗拒的魅力。他們一番商量之後，便打算將他塑造成萬人迷電台主持人。

牡丹雖好，還要綠葉扶持。他們知道阿聞與張倩儀是大學同學，便將這對男女湊成一對拍檔，讓兩人一邊念大學，一邊接受培訓。

畢業後，兩人加入電台，做全職電台節目主持人。

現為偶像主持人，阿聞總算是名成利就，身邊的狂蜂浪蝶多得堪比動植物園裡的數目，但他始終無法在其他女人身上找到那種愛的感覺。

相隔多年，他心中一直對ANITA念念不忘……

這是眞的。

六年前，阿聞與ANITA告別之後，抑鬱了好一陣子。

痛定思痛之後，阿聞擔心ANITA移情別戀，便寫了封信，還在信裡苦口婆心地勸告：

「愛海無涯，殆已！戀愛會影響學業，千萬不要入邪道。」

兩星期後，就收到ANITA由加拿大寄回來的信。

「呵！」阿聞向著晴天猛揮直拳，大叫：「就說嘛！她一定不會忘記我！」

「快打開信，看看她寫什麼給你。」弟弟也爲他喝采。

從信封裡掉出一張照片，竟是ANITA摟著一個金髮少年的合照。

晴天霹靂！

彷彿有道閃電直穿阿聞的眉心。

更氣人的是ANITA在相片背後寫著：

「我聽你的話，找了個男朋友！我贏過你了！上課第一天，就有男生對我展開追求……我會努力過得比你幸福。」

那一刻，阿聞全身上下就像著火燃燒，以野獸般的聲音怒吼：「以前我教妳的沒有一樣做得好，這種蠢事妳就做得特別好！」

他罵了這一句之後，馬上召集十二星座的女同學，分別和她們拍了張親密合照，再以航空掛號信的方式寄出，還在信裡宣示他的煩惱，說自己有那麼多傾慕者，眞的不知該從何挑選，請她提出一些意見……

剛開始時是斷斷續續通信，到後來就失去聯絡……

彼此的世界沒有重疊，感情蒸發後，留下來的渣滓就是記憶。

已經六年了。

從那一天算起……她應該會在今年春末畢業。

不過她那麼笨，可能會留級也說不定。

相隔多年，如果和她再次見面，他對她說的第一句話會是什麼？阿聞也想過這個問題，但總是一番空想。

連拍檔張倩儀也十分佩服，阿聞居然可以對一個代號是「A」的「A小姐」從一而終……

其實多年來遠離女色也不是問題，只是在早晨有點寂寞，就找個枕頭抱一抱。在冬天有點冷的時候，就把暖水袋放入被窩內……人工枕頭和暖水袋當然沒有天然的好，只好將就將就。

阿聞懶得交女朋友，因爲他覺得其他女人都是因爲他的條件而接近他，她們的付出都是期待回報的。

他始終相信ANITA當年寫給他的詩——

沒有什麼可比我愛你更深。

在日曆上的某個日子，她會回來他身邊……

忙完了聖誕節和除夕倒數的節目，跟電台同事在火鍋店慶功。分道揚鑣之後，阿聞終於可以喘一口氣，享受難得清閒的假期。

阿聞一上床，倒頭就睡，從睡房的窗口望出去，可以看見熠熠發光的燈飾。維多利亞港兩岸閃閃生輝，高樓掛上一串串明珠，施妝抹彩的夜景倒映在海面。阿聞發了一會呆，想起這幾年來，他為了事業，忙得都是在電台裡吃節日大餐，也沒有好好在十二月底逛過街。

小時候，爸媽曾一左一右牽著他的小手，一家人到尖沙咀海邊看燈飾。

中學時，很多女生在聖誕節假期向他買約會券，累得他應接不暇。

在ANITA出國前，她每年聖誕節都會纏著他，只要他肯跟她逛街，她就感動得不知怎麼樣，一邊抹著眼淚，一邊跟在他後面……

阿聞作了場美夢。

鬧鐘沒有響起。阿聞是自然醒，看看鬧鐘，已是下午。今天是元旦，不用上班，張倩儀沒有打電話叫醒他，只是傳了簡短訊。

這種日子，他的朋友不是去了外地，就是去了酒店胡鬧……

沒人陪自己吃午飯，阿聞只好提著冰冷的便當回家。

寂寞的假日已是種習慣。

他剛剛經過提款機時，查了一下存款，忍不住傻笑了。

「以我這種條件，真是想娶什麼女人，什麼女人都一定無法抗拒我的追求……就算我要橫刀奪愛，也沒有男人擋得住我，嘿嘿嘿……」

阿聞戴著墨鏡，在電梯裡愈看鏡子中的自己，愈覺自己魅力無窮，根本不用著急找個伴，深信只要是眞愛，兩情相悅的人最終都會在一起——無論距離有多遠，無論中間經過多少時間。

一走出電梯，阿聞就嗅到一股懷念的香味。

阿聞！阿聞！

聽到兩個打招呼的聲音，阿聞滿腦熱血上湧，急不可耐地投目過去，家的鐵門前有一男一女，一個是弟弟豐豐，另一個則是……則是……

她穿著紅色毛衣，白色棉縷的領上有兩個雪球，可愛的金色大鈕釦閃呀閃，草莓吊飾紗裙，衣著打扮仍是那麼可愛，還添上了一點成熟的氣韻——

「SURPRISE？還記得我是誰嗎？沒有嚇著你吧……」

是「ANITA味」。

難以置信，回憶中最重要的人，終於回來了。

相隔多年，他對她說的第一句話竟是：

「妳……妳變漂亮了。」

眞是很遜的話。

就像最初和她邂逅一樣，他露出最溫柔的微笑。

年輕的身形彷彿在一剎那間重疊了。

15 DREAM HOUSE

原來阿聞的弟弟和ANITA串通，要給他驚喜，所以沒有通知就上來了。ANITA也真是的，回來香港，第一個找的竟然不是阿聞，而是他的弟弟。也許她以爲他的手機改了號碼，但其實他的手機號碼一直沒變過。

「哈囉！」她跳到阿聞身邊，調皮地望著他。

換成是以前的ANITA，一定會傻里傻氣地逼他和她擁抱，現在她真的改變不少，感覺真的長大了……

「妳好像長高了、變漂亮了！」阿聞有點意亂情迷。

他平常那麼會說話，這時卻念出這種爛對白，連他也真的有點瞧不起自己。

「先生，你認錯人了，我一向都是這個高度，都是這麼漂亮……怎麼了？你成爲大名人之後，是不是不認得我啦？」

倒是她變得比以前更會說話了。

在他歷年來的幻想中，和她相遇的場面應該驚心動魄，兩個相愛的人會奔向對方，來個

「太空摩天輪」式的擁抱，然後至少吻上一小時……現實眞令人失望，這一刻竟然變得如此平淡，儘管他的心情經歷驚濤駭浪，過去敢說的，現在都不敢說，過去作過的夢，只是黑板上被抹去的粉字。

「妳一直是我心中夢寐以求的仙女，我一輩子也不會忘記。」

只有阿聞知道，這句話不是俏皮話，而是他眞正的心聲。

「你呀，死性不改，依然滿口甜言蜜語！」ANITA笑了笑。

「大哥，ANITA回來香港，就打我的電話找我……反正我今晚也約了你吃飯，她又嚷著要見你，我便帶她來見你。」

豐豐對著阿聞眨了一眼。

「我可以進去參觀嗎？豐豐說，你的家古靈精怪，很有童話色彩。」ANITA從口袋裡拿出相機，非常雀躍。

「哥，我們連工具都帶來了，還好你趕得及回來，否則我們就會破門進屋啦……」豐豐從塑膠袋裡拿出榴槤，也是非常雀躍。

阿聞高興地嘆了口氣。

最近大門換了電子指紋感應門鎖，阿聞出門不用帶鑰匙，只要把手指按在指紋感應器上，門鎖就會自動打開。

「裡面可是很亂喔……」

當阿聞扳下門把時，動作又停住了。

「怎麼了？」ANITA問。

「呃……這個……最近『蟑螂泛濫』，遍地都是蟑螂爬來爬去，足足有一隻手掌那般大……妳真的不怕嗎？」阿聞神祕兮兮的。

「是不是有什麼不可告人的祕密？就算地板上有內褲，這種事我也見慣了，不會笑你，也不會將情報賣給記者喔！」ANITA更加好奇了。

「不是這樣……」阿聞的耳根倏地紅起來了。

等待期間，ANITA貪玩按下了門鈴，屋裡便傳出那首久違了的樂曲。

惦記著妳的「YESTERDAY」。

她很喜歡這首音樂，第一次去阿聞家，就是這首樂曲歡迎她的到來。

「哦！原來你將門鈴搬來了新家！」ANITA驚喜地說。

門鈴的音樂尚未停頓，如跌跌碰碰的銅板。

首先迎接她的，是五彩繽紛的彩色石頭，浮凸在玄關的牆垣，竟是一只只別致的掛鉤。

「在我夢想中的家，玄關的牆壁上要有彩虹石頭……」

ANITA神經質地衝進去，只見客廳裡，餐桌上放著陶瓷製大花盆，花盆裡裝滿了巧克力、花生夾心餅、粉紅色棉花糖……那個大花盆似曾相識，竟是以前在「宜家家居」看過的款式。

低頭一望，地板是很酷的黑色木地板。

地毯上的圖案是印第安風格的大鵬鳥。

「我要買這個大花盆，用來放零食和糖果，好嗎？」

客廳的牆身是紅色。

只要細看，就會發現一些可愛的飾品和擺設。

阿聞按下開關，大廳頂的燈亮著，燈是垂吊式的古董燈，隔著一層紙燈罩，光線頓時變成柔和的米白色，暖烘烘地照耀著原來是冰冷色調的地板，彷彿融化了一層層鋪在上面的薄冰。也融化了她心中一段段本已被冰封的情感。

「嘩嘩！這個燈罩很可愛，掛在客廳一定很美！」

ANITA未經阿聞同意，推開臥房的門，裡面有張嵌地的大床，而床的四面果然被白色帷幔罩住。

這種床是給王子和公主睡的，在床上低吟著詩般的浪漫故事。

「在睡床四周裝上帷幔，很像童話式生活啊！」

「你是『宜家家居』的忠實支持者嗎？全屋的家具都是在那裡買的。」ANITA笑咪咪地說。

「我搬家時，那裡剛好大減價嘛……」阿聞感到怪不好意思的。

「哎呀！我忘了脫鞋！」ANITA突然驚呼，呆頭呆腦地回去玄關，脫去鞋子擺在鞋架上。

她似乎很感動呢……阿聞覺得所做的一切都很有價值。

當年她畫的那張室內設計圖，已變成他現實中的家。

妳說過
黑木地板上要有印第安的地毯
（用油漆掃出一道曙光，好不好？）

妳說過
深藍色的窗簾布上要有星雲
（可否撈到天上的迷彩石塊？）

妳說過
大牆上的掛鐘是月亮圖案

（秒針的擺動像不像卡通音樂？）
妳說過
花盆盛滿喜馬拉雅山那般高的糖果
（能否種出巧克力冰淇淋和餅乾？）
妳說過的
我都記得清楚
妳說過的
已成爲我的終生承諾

彷彿穿過了時光隧道，彷彿經過了離離合合的瀑布，感覺像回到從前，回到那段最美麗的時光。

阿聞以前是現實派主義者，如今竟然變成幻想派追求者。所以說，世上沒有非得要堅持的人生宗旨，只在乎有沒有人來改變你。

改變他的，是種分泌「痴心蘿蔔素」的傻瓜細胞。

「真棒呢！你的廚房和客廳沒有用牆分隔，但利用了不同顏色的地板和天花板，巧妙地分成兩個區域……這是專家幫你設計的嗎？還是你自己想出來的？在大學裡，我主修的學科就是室內設計。」

ANITA細看完屋裡的一切，向阿聞豎起了大拇指。

「是我自己想出來的。無論做什麼事，我都是個天才。」阿聞自誇一番。但他才沒有這麼高深莫測，也不懂什麼室內設計。當初有這個構思，純粹覺得丈夫看著妻子做菜是很浪漫的事，沒有礙眼的牆，彼此可以對望……

至於浴室要用半透明玻璃牆，就是另一番色色的道理……

本來是想上館子的，但現在ANITA來了，哥兒倆就陪她到超級市場，買了很多食材來，由她來掌廚，做一頓充滿家庭溫暖的晚飯。

阿聞把那個冰冷的超商便當扔進垃圾箱裡。

他笑了笑，望著廚房裡的ANITA。

「這種東西你也有？你家裡有個大廚嗎？哦，我明白了，一定是經常有女生來幫你做菜……」ANITA發現了餐車，便將碗盤、筷子和酒瓶擺上去，然後推到飯廳，輕輕鬆鬆地上菜。

「我娶妳，妳不就成了我家的大廚？」話到嘴邊，阿聞又不敢開口。他可以面不改色地對其他女人說出情話，沒想到對著她就是不行。他很想問ANITA到底有沒有男朋友，但不知什麼原因，總是感到難以開口。

今時不同往日，她的廚藝突飛猛進，端出來的菜餚都是大師級水準。

「嘩！這簡直是天上的佳餚，皇宮御廚才做得出的極品……」阿聞不停誇讚。

「眞的嗎？」她笑了笑。

從前ANITA抱著一大包食材，闖進他家，想得到的就是他的讚美。

阿聞忽然想到，她的廚藝進步不少，必定是爲了男朋友做菜。

吃著吃著，阿聞有點失望，覺得菜餚雖好，卻失去了舊有的味道。過去的菜雖然一團糟，但總有那麼一種特別的味道，某種只有她才能加入的調味料。現在的倒沒有過去的那麼好。

「ANITA，妳以前老是來我家做菜。我那時還以爲妳一定會嫁給老哥，做我的嫂嫂！」豐豐一邊挾菜，一邊說。

ANITA低下頭，露出甜美的酒窩。

就是她這種可愛的表情，曾經勾去阿聞的魂魄。

他這時終於清清楚楚知道了，他對她仍未能忘情。他呆呆看著她出神，聽著她的聲音而心神恍惚。

三人圍著飯桌，又談起不少往事。

「我以前覺得阿豐毫無優點，天天都在害怕他將來娶不到老婆，但想不到他有點才藝，寫起情詩還眞的不錯，討得女生的歡心。他眞幸運，現在有個既漂亮又體貼的女友，還是跟他星座絕配的白羊座……記得以前有段日子，他每晚都在寫情書，當時我每個晚上的娛樂，就是偷看他寫的情書。有幾晚沒機會下手，吊得我胃口很苦啊……！」

「你太卑鄙了！侵犯隱私！」

豐豐第一次聽到這樣的事，馬上和阿聞吵了起來。

ANITA也忍不住笑了出來。

「到了今天，沒想到阿豐會成爲作家……聽人家說，他的出道作《戀上饅頭的弓箭》很好看呢！」

「一門兩傑，你們一家出了兩個名人！當初眞的想不到，你眞的這麼厲害，成了著名的電台節目主持人。阿聞，我可以要你的簽名嗎？可以來你家參觀，眞是光榮呢！」

這句話由她口中說出來，給與阿聞極大的成就感。

「只要妳開口，我可以爲妳簽一百個名！」

「哇！高興死了！我還以爲這次回來，連見你的機會也沒有呢。」

「這位小妹妹，妳到底有沒有收聽過我的節目？」

ANITA慚愧地吐了吐舌頭。

「對了，妳一直在國外呢……」阿聞失望極了。

其實在國外讀書也不是沒辦法收聽，節目的錄音收錄在電台的網頁資料庫裡，只要有心，還是可以上網下載收聽。

「ANITA，妳男朋友呢？」阿聞趁機問。

「唔……」ANITA沉默了。

沉默是什麼意思？難道分手了？阿聞期待著她的答案，一顆心快要跳出胸口。

「你們聽了之後不准笑我……」

「我答應妳！PROMISE！」

「在大學裡，有個同學接我放學，然後向我求婚呢！」

「哈哈！這種求婚方法眞爛！他問得那麼白痴，妳一定拒絕了他吧？」

「所以才說你們會笑我……我答應他……他求婚的方法其實很浪漫的，他是用直升機來接我放學，帶我上天空，然後送上我最喜歡的Tiffany鑽戒。」

一剎那，阿聞眼前一白，有種休克的感覺。

「妳答應他了？」他再問一次確認。

「不過因為我們年紀還小，所以先在口頭上訂婚，再過兩年才正式結婚。雖然聽起來像笑話，爸爸也經常取笑我倆，但這個男人眞的對我很認眞，而且他的爸爸、媽媽、爺爺、奶奶都很喜歡我。這次，他跟我回來香港，住在我家……」

阿聞呆呆地張大了嘴巴，幾乎就要口吐泡沫……

「一個剛畢業的大學生怎會有錢和妳結婚？」豐豐問。

接著ANITA就說到男方家裡如何如何富有，是什麼滿清世家的後人，在加拿大又有農場又有超級市場，住的房子有多大難以估計，但光是泳池已有三千平方尺……

「他在大學念書時，家人怕他生活辛苦，特地買了塊地，蓋了幢房子給他……裡面有撞球室、視聽室、燒烤場……我們一群同學經常去玩。」

阿聞第一次對有錢小開感到深惡痛絕。

「雖然比起你們，我的夢想平凡得多，但我也總算完成了自己的夢想——我可以穿上婚紗了！」

阿聞瞳孔裡有個漩渦，愈轉愈大，天昏地暗，日全蝕出現了……

「妳有沒有和男朋友的合照啊？」

豐豐問對了問題，阿聞在一旁暗自點頭。

ANITA打開皮包，向他們展示一張合照。

她的未婚夫不是帥哥，兩片嘴唇很大，像個鴨嘴巴。不過照片中的男人挺高大的，貌似踏實型的商業才俊。

鴨嘴獸。阿聞馬上就幫他取了個外號。

「他長得不及老哥帥，但比老哥有安全感得多！」

豐豐說錯了話，阿聞在旁目露凶光。

原來帥哥不是無敵的。

阿聞瞪著那張照片，很想對她詳述早婚的惡果，也很想對她說關於美女與野獸的悲劇故事……但最後還是沉住氣，用一種自己也受不了的酸溜溜語氣來祝福她：「他這個長相……他一定是個好好先生，恭喜妳找到自己的幸福！」

一個女人對你好可以是無價的，但當失去你深愛的女人時，你會驚覺自己低估了她實在的價值，原來也是無價的。

阿聞後悔太晚說出自己的心聲。

爲什麼他當年沒有和她說？

不過就算當年他說了，他也無法給她想要的幸福，無法爲她披上夢想中的婚紗……

□

張倩儀發現這兩天來阿聞的行爲很失常，不是捧著《美女與野獸》的故事書，就是在看關於鴨類動物的科普讀物。

他一邊看書，還會一邊傻笑……

失常大笑後，還會喃喃自語，好像是什麼「知己知彼，百戰百勝」的意思……

「阿聞……這幾天你在節目中選播的歌曲，全都很悲情耶……歌詞不是關於深愛的女人嫁給別人，就是未婚夫在婚禮前慘死……最近發生了什麼事？你的怨氣很重呢……」

阿聞生平被女人拒絕的次數，絕對是屈指可數。

本來阿聞心想自己條件這麼好，世上絕不會有自己追求不到的女人，無論ANITA的男伴是什麼人馬，他都有信心將她搶過來。可是，她太想嫁了，竟然隨便答應別人的求婚……他輸給那樣的男人，一時眞的無法接受事實。

「我問妳，妳覺得美女和長得醜的男人結婚，會不會禍及下一代？」

「……」

張倩儀將阿聞推到牆邊，狠狠在他胸口上揍了幾拳。也不知他是眞痛還是假痛，發出幾下淒厲的叫聲，就像格鬥類電玩遊戲中被揍的角色。

「你清醒一點吧！有時候女人和男人在一起，並不是只爲了他的條件！伴侶的條件太好，反而會令人沒有安全感。你也應該知道這個時代的男人多麼卑賤下流，老婆老了，就想TRADE IN（汰舊換新）。對女人的終身幸福來說，安全感大於一切。」

「我沒有安全感嗎？」

「NO！」張倩儀當頭棒喝。

唉……狼的長嘆。

16 YESTERDAY

每年這個日子，阿聞都會買束菊花。

穿過灰色牌樓，眼前就是片片綿延向海的墓碑群。

在這座名字含著「永遠」的墳場裡，有座朝南的墓碑，刻著他親生爸爸的名字。

站在濃密的綠蔭下，俯視著一片藍色蒼茫。

不是節日，墳場分外冷清，竟然有情侶來這裡尋幽散步，看來時下的年輕人對刺激的追求實在太過分。

阿聞哼著歌，就是那首「YESTERDAY」的旋律。

記得，在那個大客廳，那台舊式唱機也曾播出這樣的旋律。爸爸正在看報，媽媽正在剪指甲，兒時的自己躺在沙發上曬日光浴，傭人也受到這股溫馨氣氛的感染，一邊挖鼻孔，一邊快樂地準備早餐……

後來那個傭人被辭退了。

爸爸媽媽也陸續從他的生活裡消失了。

忘記，人人總是說要忘記過去。

那，這遍山的墓碑又是怎麼一回事？

十八年前的墓碑，十八年後也是一樣的墓碑。

放下菊花，顧盼遺容。

阿聞總是孤獨地來，孤獨地走。

冬日的陽光仍然熾烈。

就在他想得入神的時候，頭上忽然多了道陰影，身邊也多了個撐著陽傘的女人。

雜誌上的星座專欄說，他今天會遇到一個意料之外的人，沒想到眞的靈驗了。

阿聞有點訝異，但那人比他更加訝異。

「他是你……爸爸？你的車停在外面，眞想不到會碰到你。在這裡……」

那人一眼望著阿聞，一眼望著墓碑。

「嗯，今天是他的生忌。」

阿聞淡淡地說。

一說完這句話，阿聞將垂下來的圍巾撥向腦後，邁出一大步，竟然就想這樣離開。

那人叫住了阿聞：

「喂！我會在這裡碰到你，你一點也不覺得意外嗎？」

「張世恭是妳哥哥吧？」

聽到這樣的話，張倩儀內心悸動，久久無法言語，同時又有種如夢初醒的感覺。

「今天……我是來祭拜我哥哥……」

「我以前也見過妳來祭拜他。」

狼先生、阿聞、當年被推下樓梯的男孩……三者都融合成同一個人了。

張倩儀捂住了嘴，眞的完全說不出話。

她知道，自己的哥哥曾勾搭上有夫之婦，拆散了別人的家庭，更弄得女方昏迷不醒……之前她也覺得有點奇怪，向阿聞求證找到那男孩的過程，而他總是很巧妙地敷衍過去。原來答案就是這麼簡單，阿聞就是當年被她推下樓梯的男孩。雖然眞是巧合得有點難以置信，但她怎麼一直沒想到呢？

「抱歉，我不是有心隱瞞，只是我一直不知道該怎麼開口。過去的事情，我一直想讓它過去。」

大學畢業後，兩人就一直是工作伙伴。

對於無數追求者，張倩儀總是狠狠拒絕，堅決保持梳起不嫁的純淨形象。她總是在阿聞面前訴苦，說現在的男人素質太差，她快要患上「末期男人恐懼症」啦……明明跟她約會的男人都是人人恨嫁的富家公子，所以眞正的理由只有她自己清楚。

其實對於自己的感情，她一直最清楚。

張倩儀鼓起勇氣，吐出心中的話：

「你明明可以玩弄我的感情來報復……爲什麼不？」

幸好她對著的是他的背影，他看不見她忸怩的神態。

空寂的墳地靜得只有葉子抖擻的聲音。

一秒、兩秒、十秒……

隔了半晌，阿聞回頭看著她，才說：

「愛情並不是爲了互相傷害。愛情是爲了和相愛的人共同得到幸福。」

阿聞有雙深邃的眼睛。

張倩儀深深受到打動，默默地望著阿聞，但不知怎地，腦中又浮現出他前天專心翻看《美女與野獸》與《鴨類圖鑑》時的情景……

哪一個才是眞正的他？

哪一句才是他的眞心話？

「你一直等待的人……是那個叫ANITA的人吧？」

張倩儀開口了。

「前天，很謝謝你，肯出來參加那個無聊的飯局。」

遇到不想回答的問題，阿聞就會巧妙地躲開，張倩儀也沒有追問下去，因爲她與他共事這麼多年，早已摸熟他的脾氣了。

前天晚上，阿聞說有個舊友從國外回來，約好飯局，她的未婚夫也會出現。他不想有種做「電燈泡」的感覺，便找了張倩儀來和他湊對。

張倩儀也習慣了替他扮演這種角色。初次見面，就覺得ANITA是個很可愛的女生，嬌小玲瓏，平易近人，看得出她家教很好。至於她的未婚夫，怎麼說呢，長相眞的令人不敢恭維，好像一種叫鴨嘴獸的動物……但聽說他是著名大學的精算系畢業生，不禁對他大爲改觀。

那被張倩儀私下叫作鴨嘴獸的男人，手腕上戴著超名貴的限量版手錶。一個人的衣物再貴，都有個極限，但名錶的價值可以比跑車還要昂貴。鴨嘴獸說，錶是他爸爸送的畢業禮物，張倩儀一聽之下，便知男人的家世顯赫非凡。

「他是怎麼向妳求婚的哪？」張倩儀好奇地問。

「那一天他說要來接我放學，叫我在一個奇怪的地方等，然後望著天空，想不到他搭著直升機從天而降……然後他下機，在很多學生注目之下，手上拿著一百朵玫瑰，跪在我面前……很害羞啊，我說不下去了……」ANITA綻放出來的笑容，叫幸福。

婚姻不只是兩個人的事，也是兩個家庭的事。ANITA一家與鴨嘴獸門當戶對，這樣一對璧人絕對會得到所有人的祝福。

看著這對未婚夫妻親密的樣子，阿聞在桌上笑容可掬，在桌下卻緊握拳頭……張倩儀把這一切看在眼裡，便想通了很多事……她真的服了阿聞，明明受不了，偏偏又要逞強和情敵正面交鋒。

阿聞當導遊，驅車駛過海濱，駛過鬧市，駛過俯瞰夜景的山巒。他們到了一家著名的甜點店，在店外排隊候位的時候，在夢幻般的霓虹燈招牌底下，ANITA的手指在半空指來劃去，就像在新舊兩張照片上找不同，有了很多驚奇的發現。

這邊多了幢新樓，那邊的市容也不一樣了。

阿聞在心中慨嘆，變了的不僅是景色，變了的是感情。

她也變了，以前的ANITA是「本地版」的，現在的ANITA是「外國版」的。人是一樣的，但外表和性格彷彿大變。她不再是以前那個無知的傻女孩，她的戀愛履歷變厚了，亦終於找到值得託付終生的對象。

「這樣就好了。妳這次很有眼光，找到很可靠的男人。」即將告別的時候，阿聞湊近ANITA耳邊，若無其事地說了這句話。原來他一直暗中觀察她的未婚夫，確認他是不是個好人。

阿聞笑容背後抑鬱的神情，張倩儀全都看在眼裡。話聲是酸溜溜的，卻不是言不由衷，他眞心關心她的幸福。

張倩儀在那一刻明白了——

他心中只有一個女生，這個女生就是ANITA。

這時候，兩人在墳場裡並肩走著，張倩儀的目光一直盯著阿聞，胸口好像揪得緊緊的，泛起一股和幾天前一樣的苦澀感。

「ANITA很漂亮呢！難怪她在你心裡有那麼重要的地位。」

「眞的比起來，妳的美貌也不比她遜色。」

聽到阿聞這麼說，張倩儀臉上微微發燙，那一刻尷尬得說不出話來。

現在沒有別人在場，阿聞首度吐露心聲：

「從十四歲開始，她就一直纏住我，直到她出國念書。她本來是我的，但我一直沒有表示……我只是一直默默等她回來，等她和男朋友分手……」

「男未娶，女未嫁，你還是可以把她搶回來！」

「我不會做第三者。再說，他們已經訂婚了。」

「結了婚，可以離婚。你可以等她。」

「……妳是在詛咒她嗎？」

「如果這個詛咒應驗，你會樂意請我吃飯的。」

阿聞嘆了口氣，不再和她有的沒的瘋言瘋語。

因爲他比誰都痛恨當第三者的男人。

張倩儀看見阿聞提不起勁的樣子，心中也不好受，便從皮包裡取出一件東西，放到他手裡，一番安慰的語氣：

「吃了它，你心裡會舒服一些。」

「這是什麼東西？」

「絕情丹……我還有忘情水，你要不要？」

聽到這種牽強的安慰，阿聞「噗」地一聲笑了出來。他最後還是領情，將手裡的東西吞下，原來只是平常的糖果。

「阿聞，我現在要去那邊祭拜哥哥。你不用陪我啦。我哥哥對你一家人做出那樣的事……你一點都不恨他嗎？」

「恨啊，所以我每次經過，都會向他的靈位吐口水。」

趁張倩儀臉色大變之際，阿聞才解釋：「是開玩笑的，嘿嘿。」

但他的表情一點也不像在說笑……張倩儀真的被他弄得哭笑不得，轉了轉陽傘，腳尖就指著靈骨塔那邊。

就在兩人正要過去之前，突然來了幾個五十歲左右的男人，朝他倆所在的墓碑走近。

其中一人竟是安先生，ANITA的爸爸。

多年不見，彼此也是一眼就認出對方。

「安先生？」

阿聞奇怪今天怎麼接連碰見熟人。

安先生盯著阿聞，又盯著碑前的花束，掩不住一臉驚訝。

「你是……」

「我是他的兒子。」

未待安先生問話，阿聞已經回答。

原來安先生他們都是阿聞爸爸的老同學，剛剛中午敘舊，喝了啤酒，有人記得今天是老王的誕辰，興之所至，便來祭弔。

當年安先生還在外國攻讀博士學位，之後知道老王逝世的事，所以沒去參加他的喪禮。歸國後，他與老同學聚會，偶然聽到老王兒子的遭遇，知道那孩子喪父後，母親又在異地昏迷不醒……聽過一次之後，安先生只覺得很惋惜，也沒有再過問別人的家事。

安先生反對ANITA與阿聞之間的戀情，曾偷偷翻看女兒的筆記本，滿頁盡是一個叫「王宇聞」的名字，哪裡知道這個人就是故人之子？

「可能是姓王的人太多了吧！」

談到往事，阿聞只是一笑置之。

「以前ANITA眞的很迷戀你呢！我這個做父親的，不擔心也不行……唉，命運眞會捉弄人，在你爸爸大喜之日，我還跟他開玩笑，說我倆若是各自生男生女，不如指腹爲婚呢……」

這時候，安先生看見阿聞摟住張倩儀的肩膀，便說：「你也找到了不錯的女朋友呢……」

阿聞笑了笑，不作回應。

安先生又想到當年的事，覺得很愧疚。

「對不起，我曾經誤會了你。」

即使到了這麼一把年紀，他繼承杏林世家的事業之後，一半人生在手術裡度過，一半人生周旋在人事鬥爭之中，只覺和沉默的軀體打交道容易，看清一個人卻很難。世上也很少有人能看穿善於隱藏的阿聞。

阿聞是個不喜歡解釋的人。日久見人心，他相信時間會爲他解釋。

待安先生離開後，張倩儀用手肘推了阿聞一下，就問：「你剛剛爲什麼摟住我的肩膀？」

「噢？有問題嗎？我平常和妳也是這樣鬧著玩。」

「剛剛不一樣。」

「有什麼不一樣？」

「你知道ANITA的爸爸回去，一定會向女兒提起遇見你的事……你希望她對你完全死心，然後和那個男人結婚。」

阿聞與她對望了一眼，心領神會地笑了笑，做了這麼多年拍檔，她已是他的知己，很明白他的想法。

世上沒有忘情水，也沒有絕情丹。

更沒有可以回到過去的時光機。

阿聞憂鬱地說：

「只有這樣做，大家才有幸福……」

張倩儀問了一句：

「你自己的幸福呢？」

這是個無雨的下午，但天空彷彿下著雨，這一次阿聞也沒有回答。

17 離離合的瀑布

「阿聞，你會不會來參加我的婚禮？我想讓你看看我穿婚紗的樣子……這一生就只有這麼一次……你眞的不來嗎？」ANITA在電話裡說。

「抱歉……我害怕……我害怕坐飛機。雖然飛機上有很多漂亮的空姐……」阿聞瞎編了個藉口。

「是嗎……」她的聲音苦苦的。

阿聞滿臉哀怨地掛斷電話。

掛上後，他不停用頭叩牆……

阿聞作了場噩夢。

噩夢中，他被很多鴨嘴獸追咬……

ANITA明天就要離開香港。

然後，她的婚禮會在加拿大舉行。

阿聞很想再見她一面，有過三個主意，一是用最瀟灑的姿勢向她道別，二是當面提出和她未婚夫決鬥的建議，三是拐走她……崇尚大男人主義的阿聞，到了最後還沒有低頭，始終沒有向她表白的打算。

「我明天就要走了，可以再到你家參觀一下嗎？」竟然是ANITA主動找他。

「好好好，當然可以！」

前一晚，阿聞一面敷著面膜，一面做節目……從電台出來的時候，他的臉蛋熠熠閃亮，連母狗也跟著他走了幾條街……阿聞想以畢生最英俊的狀態來迎接她，不知不覺，一洗澡就洗了三個鐘頭，照鏡子也照了兩小時。

躺下來，可以睡覺的時間已不多了。

這次，阿聞作了場美夢。

美夢中，ANITA突然大笑，將他推倒在床上。

然後，她說，她和那鴨嘴獸的婚事全是假的，她是為了氣死他才這麼做……

阿聞睡得很熟。

一覺醒來，已是下午，但手機沒有響過。打開房門，著實嚇了一跳——窗子被抹得潔亮，而地板竟然乾淨得連根毛髮也沒有，東西全被整理得井井有條，本來亂七八糟的屋子變得像宮殿。

不會有幫屋主打掃的笨賊。

阿聞笑了笑，當然知道是誰做的。

上次ANITA和豐豐來訪，覺得家門上的電子指紋鎖很有趣，也嚷著要玩，於是母鑰系統裡保留了她的指紋紀錄，至於弟弟的紀錄，則被阿聞刪除了。

「對不起……怕吵醒你，我沒打電話就進來了。」

ANITA正在廚房裡忙著，一臉天真。她將白色塑膠垃圾袋剪了三個洞，再把頭和雙手穿過去，正是清潔人員的標準裝扮。她的雙手還握著鍋鏟和隔熱手套，樣子滑稽極了，令阿聞「嗤」地一聲笑了。

「我今天穿白衣服，怕弄髒嘛！哼，你很不滿，是不是覺得我像個黃臉婆？」

「不，妳不像黃臉婆，妳像個巫婆！」

果然很有個人風格。這才是ANITA嘛……

阿聞瞧向飯桌，盤上的菜餚光芒四射。

「哦，原來妳這個傻賊不但會打掃，還會煮早餐呢！」

「我未婚夫對我做的菜讚不絕口呢！全靠以前受到你無情的踐踏，我才練就超強的廚藝……哈，結了婚後，我也不會讓傭人做菜，因爲我一定要天天得到老公的稱讚。」

阿聞聽到這番話，望著敞開的窗口，很想跳樓。

香噴噴的飯菜，每一口都令人感動。

這才是久違的味道。阿聞的早餐等於她的午飯，所以這頓飯特別豐富。大屋裡只有他和她兩個人，他就像從前那樣和她說笑，話裡設圈套引她上當，扯扯這，掰掰那，一同大笑。

時光彷彿倒流……

這些年來，他和她也不是全無聯繫，偶爾也會打個電話，收到她寄來的旅行手札……像這樣面對面聊天，竟是別離後的第一次。

「爲什麼妳去加拿大那麼久，一直沒回來？」

「其實……我中間回來過兩次，但兩次都沒有找你。」

「爲什麼？」阿聞驚問。

「你是大明星、人人崇拜的偶像主持人，而我……只是個平凡女子。和你的距離太遙遠了，所以……其實，之前我還不能放下對你的感情，我想努力忘記你，所以決心不要見你……你放心好了！我現在有了顆必嫁的心，可以坦然面對你啦！」

「哦……」

她剛剛的話，就在他心口上劃了一刀。

他多年來忙著在事業上打滾，就是想成為她理想中的男人，而他竟然走錯了方向，結果使兩人的距離變得愈來愈遙遠……

當初不是她勸他去做電台主持人嗎？那一晚星光下的話，她都忘記了嗎？

不過，是他叫她忘記的……

從現在到上班只剩下四小時，但假如他裝病缺席會議，就可以再騰出兩小時空檔。

阿聞責怪自己，怎麼不早一點起床。

即使只有一天……

也希望她做他一天的妻子。

在這些剩下的點滴時光裡，阿聞和她做了一些情侶會做的事：重返舊中學，偷偷溜到小吃部買小吃；到遊樂場，買了兩張幾百元的門票，坐完摩天輪就出來；到沙灘看日落、到山頂吃燭光晚餐、看夜景，再看星星……為了省下停車的時間，阿聞和她全程都是搭乘計程車。

兩人想做的事是不可能做盡的。

只因為時光有限。

他和她在昔日的回憶裡奔跑，直至年輕的臉龐漸漸褪色。

阿聞決定送她回家，延長相處時間。

「阿聞，你還是沒變呢……」

「不，我變帥了……妳也變了，比以前成熟了。」

「沒錯。我變了，不再是以前那個迷戀你的傻女孩。」

她說得對。

詩是短句，而青春就是首太倉促的詩。

歲月不僅會為人添上皺紋，也會令人失去追尋愛情的勇氣。

當年那個不害羞地示愛的少女，現在去了哪裡？

「阿聞，如果我告訴你，我染上絕症，你現在會不會向我求婚？」

在舊路上走著，ANITA忽然問起奇怪的問題。

阿聞怔了怔，分不清她的話是眞是假。

爲什麼？就像當年，她又在期盼他許下不能兌現的諾言……

隔了半晌，她幽幽地說：

「果然是這樣。」

「什麼果然是這樣？」

「你還是像以前一樣，就算是騙我，也不肯給我機會……我問過他這個問題，他思索了一晚，第二天就買了戒指向我求婚。」

這裡的「他」，就是她的未婚夫。

「就是這個原因，所以妳答應嫁給他？」

ANITA很肯定地點點頭。

「妳眞笨！這個年紀了，還輕易相信男人的話！」

「哼！難道我應該相信你的話？什麼爸爸不准你結婚，這種鬼話難道會是眞的？至少他有勇氣，大膽向我求婚，這已經足夠。」

阿聞眞的無言。

ANITA不再繃著臉，又說下去：

「坦白說，當我來到你家，我眞的十分感動。想不到你還記得我當時的傻話。可是……我已不是以前那個迷戀你的傻瓜。以前的我或許會回心轉意，現在的我只會怨你太遲。你明白嗎？有些事情是無法回頭的。」

當年她喜歡他，但他沒有讓她明白。等他意識到自己的愛時，她已經移情別戀。

一往情深的她是小傻瓜，深藏愛意的他是大傻瓜……

她不會明白的。

雖然他漫不經心，嘴巴極壞，但他從來不曾欺騙她的感情。

自始至終，他都沒有在口頭上給她任何承諾，但暗地裡都爲她一一做到了。

這不是比只懂得說甜言蜜語的騙子更好嗎？

但爲什麼——

女人就只相信會娶她的男人是眞心的？

這就是最後的結局嗎？

剩下的路程，兩人沉默，本來好端端的氣氛忽然像腐爛了一樣。

一眨眼間，她的家就在前面。

「送我到這裡就夠了。」

ANITA大踏步向前走去，阿聞佇足原地，凝望她的背影，一直盼望她會回頭。然而，她沒有，他只看到冷漠的背影。

「ANITA！」阿聞喊住她。

ANITA轉身望過來。

「雖然我無法出席妳的婚禮，但我會給妳祝福！妳的航班是在凌晨零時起飛吧？我的節目在十點開始，記得打開收音機！我會在節目裡爲妳送上祝福！」

ANITA怔了怔，然後點頭微笑。

「好啊！」

阿聞終於笑了，眞心地笑了。

他想通了——

即使他無法成爲讓她穿上婚紗的男人，他也要讓她了無遺憾地結婚。

他最大的幸福，就是讓所愛的人獲得最大的幸福。

在巴士站候車，在寒風中尋找遺忘了的感覺。

過去每次送ANITA回家之後，他都是這樣一個人佇立在巴士站等車，那一刻的感覺雖然孤單，卻有股說不出的滿足感。

分開不到十分鐘，彼此已經互相牽掛。

每當電話鈴聲響起，總是她先打來……

YESTERDAY……FAR AWAY……

阿聞閉著眼，沉溺在回憶中。

就在此時，口袋裡傳出「嗶」聲。

阿聞打開手機，收到一則新訊息。是個陌生的號碼。

訊息的首句是：「聞大俠，一個好網址，送你。」

阿聞怔了怔。會對他用這個稱呼的，就只有大學時期天文學會的人……莫非是……

打開訊息，內文的火藥味十分重，充滿挑釁意味。

底部的一行，有個網址。

阿聞啓動手機的網頁瀏覽器，連到那個網址，本來是空白框的幾張圖片漸漸現形。

照片中的少女胴體被薄紗一般的蒸氣籠罩住……

假如只剩一天時間

「假如妳真的只剩下一天時間，
在玻璃天窗鑲滿金箔花的聖堂，
請妳為我穿上純白色的婚紗。」

18 褪去狼皮的羊

未婚夫正在沙發上用筆電上網，看見ANITA回家，露出溫柔的微笑。

她愛枕在他的肩膀上，他的胳膊很寬大，依偎著他很有安全感。某個晚上，她在聯歡舞會喝醉了，當她醒來時，發覺身上有張很溫暖的毛毯。迷迷糊糊之際，就是他開車送她回家，當時她貪舒服地倚在他的肩上，就覺得這男人的肩膀很可靠。

「嫁給他是明智的！你會幸福的！」身邊的人都這麼說。

雖然他不帥，有時又笨笨的，但紳士風度、家世和對家庭觀念的重視……都是無可挑剔。他是眾人眼中的好男人，包括她爸爸也對他讚不絕口。

結婚一直是她的夢想，當她遇上這個向她求婚的男人，聽到願意照顧她一生一世的承諾，她就含淚點頭答應了。

ANITA拿著自己的手機按了又按，聽著從揚聲器流出來的旋律。

未婚夫問她這是什麼歌。

她告訴他，這首歌的名字是「YESTERDAY」，是她生命裡最愛的歌。

一哼一唱，她低聲吟著歌：

相信過　亦曾在你身邊閃爍過
紙風箏掀起戀棧星火
霧雨花朵　是我的歌

天國裡　描畫彼此間的過去
當天相信未能會絕望
傻語天眞　地老天荒
痴愛過　尋覓與你歡欣的銘記
天色昏暗再回到舊地
既有驚喜　亦有悲哀

因爲她太愛這首樂曲，所以爲這首音樂塡詞，歌詞敘述的就是她懷念的過去。

她的未婚夫不愛聽音樂，但他對音樂再冷感，也一定聽過這首膾炙人口的經典西洋金曲。

他是明知故問的，因爲他早就看出來了，她對那個叫阿聞的男人有著特別的情愫，兩人過去明顯有曖昧關係。可是，當他問她那人是不是她的前男友，她又用力地搖搖頭，眞是耐人尋味。

他就是喜歡她傻痴痴的性情，如果她撒謊他一定看得出來。

門鈴突然響起。

ANITA從防盜眼看出去。

門外的人竟是阿聞。

阿聞？ANITA連心臟都要跳出來了。

「咦！什麼事？」

「我有話對妳說。」

他一副異常緊張的樣子，似乎有重要的話要說。

滴滴答答，既是鐘聲，也是她心裡的嘀咕聲。

阿聞開口了——

是句非常震撼的話：

「我……我忍不住了，可不可以借廁所一用？」

BOMB！彷彿被傻瓜彈轟炸一樣，ANITA的腦袋真的有塌下來的感覺。

她打開浴室的門，阿聞一面大叫「THANK YOU」，一面衝進去。

狼的行爲模式始終令人難以捉摸。

「不好意思，打擾了。」阿聞借完廁所，對她哈哈一笑，又向她未婚夫道歉，然後就奪門而出，來也匆匆，去也匆匆。

ANITA忍俊不禁，鬆了一口氣似地。

有那麼一剎那，她有所期待。

爲什麼還會有這樣的感覺？

難道……她不敢再想下去了。

ANITA眼裡沒有焦點，只有恨意。

阿聞就是這樣一個人，他一直隱藏著自己的感受。

過去也是，現在也是，相信未來也不會變。

所以她不敢下賭注在這個曾經傷害她的男人身上。

但她又何嘗想過——

現在，她也一直在隱藏自己的感覺？

□

天空的稀星落在紅色的街上，地上閃閃發亮，一輛又一輛巴士載走了伶仃的人，而某個寂寞的身影正在流連。

黑雲默不作聲，就像暴風雨來臨的前夕。

阿聞正身處「阿四多媒體」總部大樓入口處。

刮喇！阿聞把握著的東西捏成碎塊。

那是部超迷你的針孔攝影機，出處就是ANITA家裡的浴室。

黑夜的風像漩渦，將阿聞的褐髮吹起，而他眼中的猶豫亦逐漸轉化成龍捲風般的憤懣，狼的眼睛發出紅光，狼開始奔跑，雄性的戰鬥正要開始。

「我到了！」

阿聞透過手機，與矮伯裘作視訊對話。

「嘿嘿，果然準時。我在頂樓，你上來吧！」

小螢幕中，矮伯裘正舉著酒杯，桌上擺滿洋芋片，還有花生，都是看好戲時的必備佳品。

現在阿聞就在「阿四多媒體」總部樓下。

正當阿聞按下電梯按鈕，手機又響起。

「誰說你可以搭電梯上來？我要你爬樓梯。」

原來矮伯袞可以看到全幢大廈的監視螢幕，阿聞的一舉一動都在他的監視中。

矮伯袞手中有威脅阿聞的東西，不枉他出動公司最強的狗仔特種部隊，終於找到阿聞最大的弱點。整幢大樓有四十層，阿聞硬著頭皮也得闖上去，帶著滿腔怒火，推開樓梯間的門，立刻使盡全速奔跑上去。

「一路開著手機，只看畫面不夠爽，我還要聽到你喘氣的聲音。」

監控螢幕中，分割出三十二格畫面，阿聞的樣子在其中一格出現。現在他已跑到第十六層，面無血色、鐵目冰冷，喘氣聲也愈來愈重。一直以俊男形象出現的他，現在露出了難得一見的狼狽樣。

這一刻，矮伯袞一定覺得很痛快吧？

但，這只不過是前奏……

砰！阿聞終於來到頂樓，一手推開阻擋著去路的門，接著便從後樓梯間走出來。

半扇玻璃門是敞開的，入口有「阿四多媒體」的招牌。

阿聞累得滿頭大汗，按著玻璃門，大口大口地喘息，看看手錶，還有二十五分鐘，他的節目就會開始……他答應過ANITA會在今晚的節目爲她送上祝福……瞧這態勢，趕不及了……

儘管機會渺茫，他仍抬著疲累的雙腳，一步步地向著那間亮著燈的總裁室迫近。

直入總裁室，裡面比想像中寬敞得多，大房間向海的一面擺著健身器材。阿聞掃視過去，就看到坐在擴胸練習器前的矮子。

矮伯裘氣喘吁吁地推著把杆，盯了阿聞一眼，嘴角徐徐向上揚起。

「我來了。」阿聞說。

「嘿！聞大俠，這是求人的語氣嗎？你的舊情人住在加拿大吧？我的雜誌，在那邊也買得到啊！」

矮伯裘有心刁難。

在矮伯裘發給他的網站裡，首頁是些不道德的偷拍照，那些照片只要一公開，就可以毀掉一個女人的清譽……然後是阿聞與ANITA出雙入對的合照，只要大作文章，就會變成全城關注的桃色緋聞。

「要我怎麼做，你才肯毀掉那些照片？」

「呵呵，我做這組推胸動作，最後一下總是不夠力……這樣吧，你將手掌放在砝碼下面，可能我會做得比較有勁……」

滑輪履帶吊著的砝碼，重量在一百磅以上，厚得嚇死螞蟻，將手掌放在下面，一個不好，就會被壓扁……

但阿聞還是依著矮伯裘的吩咐去做。

矮伯裘繼續推著把杆，一推一放，故意將砝碼控制到貼近阿聞的掌背，然後又再升起，嚇嚇他。他就不信阿聞不會縮手，用力將砝碼拉到最高點，突然就鬆開手，然後疊在一起的砝碼就往下急墜——

砰砰！是撞擊聲。

也可能是骨頭碎掉的聲音。

哎喲！阿聞本來早有準備，但由於眞的痛入心脾，所以還是忍不住大叫了出來。

想不到他眞的沒有縮手。

「爲什麼？你……爲什麼不縮手？」

矮伯裘像個瘋子一樣大叫。

當他看見阿聞肯爲一個女人作出這樣的犧牲，心中竟有說不出的憋悶。

阿聞一邊忍住痛，一邊瞪著矮伯裘。

「你奪去我什麼都無所謂，請你不要傷害她。」

一個大花瓶突然在阿聞髮邊飛過，原來是矮伯裘擲過來的，砸在阿聞背後的玻璃上，即時粉碎，而亮灼灼的陶瓷碎片散滿一地。

「我討厭你長得比我英俊。」

矮伯裘拾起地上一塊最大的碎片，交到阿聞沒有受傷的右手上。

「你肯在自己的臉上刮一口子，我就幫你毀掉那些照片。要像切蛋糕那樣，不能輕輕劃過就算！」

矮伯裘絕不相信阿聞會為一個女人毀容。

正如他不相信阿聞是個重情重義的好人。

「一言為定！」

阿聞沒有片刻猶豫，一舉起那塊碎片，就劃過自己的額頭，在光滑的皮膚上留下一道很深的傷痕。當他感到疼痛無比，就大喝一聲：「法克！刮得太用力了！」

鮮血滲出來了。

愈來愈多的血向下急淌。兩道眉被染成紅色，就像兩條瀑布的源頭，沿著鼻梁滾向下巴，涔涔滴下……

「王宇聞……爲什麼……」

矮伯裘被阿聞嚇著了，無法相信眼前發生的事。

阿聞沒有說話，只是脫下外套和襯衫，撕掉襯衫的長袖，然後當成臨時繃帶包住額頭，又在腦後打了個結。

「爲什麼？爲什麼？這麼多年，我一直針對你，亂寫關於你的緋聞，爲什麼你連吭也不吭一聲？難道你不恨我嗎？我知道你很恨我！你沒有話要對我說嗎？」矮伯裘以爲自己很瘋狂，但沒想到阿聞比他更瘋狂。

「有，有句話我一直想對你說。」

「是什麼話？」

阿聞的嘴巴微張，然後吐出一句話：

「——對不起，我很後悔當年沒向你道歉。」

矮伯裘萬萬沒料到他會這麼說，一下子愣住了，然後竟然雙腳無力，失魂落魄地在阿聞面前跪了下來。

「爲什麼……爲什麼你這麼晚才說？」

這麼多年來，他原來也在等這句話。

這一刻，他在模糊的淚光中，再次看到那個俯身拾錢的阿聞，也看到那個傻傻地在愛人窗下堆砌著心形石頭的自己……

——只要當初有人對他說一聲對不起，讓他知道自己沒有做錯，他依然甘心做隻爲愛情廝守的企鵝……

長大之後，愛情變了質，麻木的感情愈來愈多。

哭、哭、哭。

是後悔自己所做的事？是爲了逝去的友情？

還是爲了……

連他自己也不知道，可能眼淚已是最好的回答。

氣溫只有攝氏八度的夜。

早在三十五分鐘前，阿聞就拜託張倩儀幫個忙，叫她幫他預約計程車。張倩儀未來得及問清楚，他就已經掛斷，弄得她滿腦子都是謎團。

由阿四總部大樓出來時，阿聞發覺不只計程車在等他，就連張倩儀也來了。

「妳也來了？想陪我一同被炒魷魚嗎？」阿聞大為感動。

「你頭上是怎麼一回事？」張倩儀擔心阿聞，那種關切的表情是裝不出來的。

「只是缺乏一點維他命C，很快就會沒事。」

「我們要去醫院。」

「不，我們要回去電台。」

幸好「阿四總部大樓」距離電台不遠，只需五分鐘車程。

「我答應了她，會在今晚的節目裡給她祝福……過了今晚，她要離開，之後就沒機會啦。」阿聞解釋。

張倩儀當然知道他的脾氣，從來沒有人可以動搖他的決定。

「憑女人的直覺，我覺得她對你餘情未了。」

「但，一切已經太遲了……」阿聞忍住痛楚，無力地望出窗外。看著街景，知道快要到達目的地。

「嫁給那個男人，她就一定會幸福嗎？誰保證？為什麼？你明明是最有能力令她幸福的人，但你偏偏要隱藏自己的情感。」

「結婚一直是她的願望。我不可以和她結婚，這是我對爸爸的承諾。」

「你以爲女人是因爲結婚才結婚嗎？她是想和你永遠在一起，所以才想和你結婚！」

這個道理雖然簡單，卻是他從來沒想過的。

阿聞第一次被她駁倒。

「那麼，我就把她搶回來吧……」

受到張倩儀的鼓勵，阿聞的眼睛恢復神氣。

眼前的他，有多重的面孔，有嬉皮笑臉的一面，有認眞的一面，有堅持的一面，也有懦弱的一面……但無論如何，只要看見他如此深情款款的一面，任何女人都一定會對他傾情。

如果世上多幾個像他這樣深情的人就好了……

張倩儀不後悔爲自己喜歡的人作嫁衣裳。

因爲她想看見深情的人得到幸福。

19 烏鴉是巫婆

麥克風測試完畢，節目開始了。

「美羊羊、醜羊羊、胖羊羊……口口聲聲說摸不著愛情，卻被感情弄得糊塗的男女……」

主題曲播放完畢，阿聞清一清嗓子，揭開序幕：

「晚安。今晚的節目很特別，不會播歌曲，也不會接聽聽眾的電話。整個節目，我會講故事——是個史詩式的浪漫故事，送給我生命中一個很重要的女孩。不過我文采有限，未必做到句句押韻，但保證字字鏗鏘——故事發生在童話世界，這個世界有兩個種族，一個叫羊族，而另一個叫狼族。我們的主角，是匹孤獨的『狼』……」

阿聞今天的聲線特別憂鬱、哀傷。

他那雙灰色的眼睛，眨了一下。

深思，然後說話。

這個世界有兩個種族，一個叫羊咩咩族，而另一個叫灰狼族。

羊族的人是很吃虧的，族裔的血讓他們一生只能有一次戀愛，與生俱來的血型命名爲「專一」，喜歡上一個，就不會喜歡上另一個。

他們相信契約，需要證書來保證百分之百的戀愛忠誠。

狼族的人則福利眾多，血型是「多情」。他們覺得結婚就是自掘墳墓，訂婚就是有一隻腳踏進了棺材。他們用謊言堆砌成諾言，不用負責，不用坐牢，不用受到婚姻的枷鎖。

狼的族人和羊的族人談戀愛，註定沒有好結果，分手時，狼會嘿嘿嘿，羊會嗚嗚嗚，可憐的羊會受到心靈重創。

而在羊族之中，有隻憤世嫉俗的羊，他對羊的身分感到無奈。

他不承認自己的血統，他不想獻出人生中唯一一次的戀愛，所以跳出圍欄外，要做匹最孤獨的狼。

因爲他知道自己的心是破碎的。

披著的假皮是以灰色的草製造，那種草只在嚴寒的北方能找到，冰冷的外皮加上企鵝的羽毛，駱駝的頭蓋骨覆蓋著眞面目。

他認為自己是狼，所以要吃肉，儘管不停地嘔吐。

他認為自己不是羊，模仿狼的舉動，向著圓月悲鳴哀嚎。

在荒廢的長夜裡失眠，在迷戀的森林中哭叫，他成為了——狼。

某一天，森林裡出現一個小女孩。小女孩名叫紅草莓，戴著小紅帽，在森林中出現，迷路的傻丫頭。

因為她從未見過狼，所以不懼怕狼，她走近狼的身邊，用橡皮圈繩拴著他，說：「這個環，套著你，你就是我的。你這一輩子都要留在我身邊！」

「不要靠近我，我會咬妳的！」狼露出他的銳牙利爪。

「我早有心理準備！」紅草莓說。

「……」狼無言以對。做她的跟尾狗，他才不屑呢！

於是他盡快把紅草莓帶離魑魅魍魎的森林，本想拋掉這個大麻煩，卻沒想到沒頭沒腦的小女孩心存感激，說要和狼一起吃草、一起捉弄稻草人、一起在草原上看星星……

原來她自小就被灌輸了錯誤的觀念，一直錯覺地以為：兩個人無緣無故碰在一起，這就叫作邂逅和一見鍾情，互相喜歡的人一定要一輩子在一起。

「法克！」狼自認倒楣，碰上了這個麻煩茶壺。

自此以後，紅草莓天天都來找狼，而狼仍對她異常冷淡。紅草莓爲他做三明治，吃了讓他嘔吐了三天，於是他在紅草莓的食物盒貼上骷髏標籤。紅草莓織的圍巾和稻草無異，每晚又要狼作她的護花使者。

這是種綑綁與被綑綁的關係。

狼實在受不了，他告訴紅草莓：「我的門牙能截斷妳對我的愛慕，犬齒會在妳身上留下深刻的傷痕，臼齒會把妳雙棲雙宿的願望磨成粉末。接近我，妳將不會有好下場。」

紅草莓不相信，說：「碎了的心可以互相交換，用針線來縫補心上的裂痕，我的無名指正等著你的求婚指環。」

狼說：「神經病！我們來自不同的種族，哪能結婚？」

紅草莓說：「無論是什麼族的人，只要立下契約，他和她一輩子就要相愛！這不就是這個世界的法則嗎？」

原來紅草莓擁有純正的羊族血統，族裔的血讓她一生只能有一次戀愛，與生俱來的血型命名爲「專一」，喜歡上一個人，就不會喜歡上另一個人。

這種血卻鑄成大錯……

狼搖頭不已，卻深深感動。

只恨當時沒有說，我的眞身本是羊，我倆本是天設地造的一對……

羊族定下一些害死羊人的法則，要是女性過了某年紀仍是未婚，就會被評爲「劣等母羊」。紅草莓開始催婚，天天祈求狼娶她。狼到了無法忍受的地步，他幫她塡妥表格，送她過去婚姻介紹所，就是不想再惹上任何麻煩。

不出所料，徵婚啓事刊登後一天，人龍排滿了彩虹橋。

狼看著羞赧的紅草莓，知道該走了。

她將會有夢寐以求的家，一個給予她幸福的丈夫。

而狼無法許下婚姻的承諾，和他一起只會令她後悔。

他在她孤單的時候出現，在她得到幸福的時候離開。

這就是他對她的愛。

狼買了長途機票去雪國，雪國有件稀世奇寶叫作「冰結石」，用它打造的戒指含著永恆之意，戒指的形狀就似螺絲帽，套在指上永不能脫除。

企鵝販子要價不菲，狼打算錢債肉償，接受企鵝開出的交換條件。

「嘿嘿，我們想要羊毛背心呢……」

狼心想：算了吧，反正以後露面，我都是披著狼皮。

於是，他將狼皮的拉鍊扯開，讓對方刮光自己身上的羊毛。刮毛的過程很痛苦，沒有毛未必挨得過冬天，但一想到愛人將會得到幸福，什麼都不在乎了。

這份禮物他打算用航空包裹寄送，他怕兩人見面會非常尷尬，他會再冒起佔有她的衝動，冀求她無條件地留在他身邊，就像從前那樣……但人人只相信契約，誰又只會相信契約背後那些看不見的承諾？

儘管，那些承諾其實比契約和儀式更加重要。

她穿上婚紗的模樣，已在他腦中浮現過無數次。

他祝福所愛的人獲得眞愛。

而教狼失算的是，紅草莓沒有移情別戀，她仍然對狼念念不忘。

她一生唯一的戀愛，早已獻給了狼。

狼的離開意味著她這一生都活得不快樂。

她的不快樂令她更明白自己對狼的愛慕。

踏上找尋狼的路途。

狼很狡猾，沒有留下任何足跡。

這天紅草莓收到狼的包裹，包裹裡有這只祝福的指環，指環上刻著的是她的名字。她誤以爲這是他的求婚——將戒指套在無名指，祈求上天施捨幸運。

可是，她已無法擺脫契約的束縛。

契約是件可怕的東西，而承諾才是美麗的，儘管它有時會令人心碎和失望。

可憐的紅草莓，天天哭著要找狼，雙眼浮腫，廢寢忘食，身子虛弱，瘦得像張吹得起的白紙。

扶著竹枝跛著走，爲心裡的信念奔波，某天在雪地見到朦朧的影子，四周茫茫看不清楚，以爲是心愛的狼，卻是眞正吃人的野狼。

「嘿嘿，北京涮羊肉，加麻辣料，味道一流……」

她成爲祭五臟廟的食物……

狼是在雪地裡發現紅草莓的，那是個他打算孤守一生的地方。

骸骨中有愛，狼肯定是她，她的氣味一生難忘。

指骨上戴著的，是那只叫「冰結石」的指環。

爲什麼妳要這麼傻？他望見遺留在世上的指環，掀開灰暗的狼皮，用赤裸的身軀面對她的屍骨……內疚、不忿、自責的悲哀感襲來，刻骨銘心的痛，他無法原諒自己。

難道要等到她死了，他才願意說出「我愛妳」？

他本來是想隱藏這祕密一輩子的。

什麼是眞正的幸福，他也弄不清楚了。

狼傷心欲絕，揹負著紅草莓的骸骨，到西域的好萊塢烏幽谷，傳說那裡的盡頭是間電影院，電影院內的烏鴉是巫婆，她們有操縱時間的能力，心腸卻歹毒得很，看喜劇會哭，看悲劇會笑。

可以把影帶倒帶嗎？

讓大家回到從前，讓我和她從沒有遇見。

烏鴉們面目猙獰，說出令她復活的條件，就是要狼吞下「藥湯河」。

「藥湯河」是種最殘酷的折磨。

「藥」是由孤獨提煉的元素，吃下它，你就會終生變成惡狼。沒有朋友，只為覓食而活。

「湯」是熱騰騰的滴露精華，灌進喉頭，你永遠都是啞巴。無法表達意思、傾吐愛意。

「河」是從北極光隕落的星石，經過冰封的毒咒，你的心會被冷藏，四四方方的厚冰凝結在心臟，變成果凍狀。

復活後的紅草莓，將會徹徹底底地忘記狼，這才是眞正最殘酷的折磨。

——只有其中一方被遺忘，另一方才能得到幸福吧？

狼望清楚紅草莓的遺體，這將會是最後一眼。

「我愛妳，願意娶妳為妻——」

然後，毫不猶豫地接受「藥湯河」，灰、白和黑的泡沫浸蝕，刺骨的痛楚穿透了皮肉——搖身一變，成為斷絕七情六慾的狼。

在狼尚有知覺時，他抓瞎了自己的雙目，因為擔心變成惡狼的自己會攻擊人，擔心見了紅草莓會傷心難過。瞎了的狼挨餓受凍，狼的消化系統不適合吃素，失去視力的他只能等待死亡。

時間亦回到從前，他和紅草莓相遇以前……

20 飛躍太平洋的愛

走進黑得連影子也不見的橫巷，出了橫巷是條馬路，馬路旁停著輛計程車。

「王宇聞？」計程車司機大吃一驚。

「去機場。」阿聞把整張臉貼在車窗上，無力感愈來愈重。

玻璃的透明倒影是匹傷痕累累的狼。

在剛剛的節目裡，他的話震驚了無數聽眾。

「各位，聽過『狼和紅草莓』的故事後，你們有什麼感想？

「也許，只有在童話世界裡可以從頭再來，可以爲自己塑造的角色編寫美好的結局。

「在現實裡，失去了的就是失去了，影帶不能倒帶，時間亦不能回到過去。

「過去，有個傻女孩曾對我說：『娶我的費用很便宜，可不可以永遠留在你身邊？』但是，巫婆在我身上施了毒咒，奪去了我那顆紅草莓的心，所以我無法接受她的愛意。

「雖然大家做的事都很無聊、很無聊，但和她相處的時間總是過得很快很快，而且非常快樂非常快樂。

「我曾以開玩笑的語氣答應過她：『不如這樣吧，如果妳到了三十歲仍是孤伶伶一個，機緣巧合我身邊又沒有伴侶，如果那時我又有錢、又有屋可以養妳，我們就在一起，好嗎？』哈哈，她也許不知道，我說過的，都一直記得清楚。

「可惜，人生是充滿遺憾的。

「得到的已無法再次擁有，一直追求的，原來都只是海市蜃樓。

「今晚，我有個消息向大家宣布，就是，我決定辭去電台節目主持人一職……」

他說出這個決定的時候，連張倩儀也驚訝萬分。

收聽這個節目的聽眾，絕對是驚嚇得掉了臼齒和門牙。

電台的監製恨不得立刻關掉喇叭。

正當大家很想弄清楚是怎麼一回事，阿聞已經瀟灑地走了。

阿聞已經趕來機場。

ANITA將搭乘的航班，起飛時間是凌晨零時左右。節目只做到一半，他就走了，現在是十一點二十分，只要他能穿過關卡，奔向候機區，還是來得及向她道別。

可是，他錯估了一件事。

由於爲時已晚，已經買不到機票，這次無法故技重施，闖不過海關的檢查關卡。

阿聞感到絕望了。

YESTERDAY——

這首歌他絕不會忘記，回眸顧盼，她正在那裡，正用鈴聲引他注意。

阿聞大喜過望，雙腿竟像洩氣的車輪，疼痛得無法跑過去。出發前，他曾順手牽羊，拿走了朋友的頭巾，借來掩藏他頭上的傷口。

「航班延遲了呀。」ANITA解釋。

太好了！阿聞平時最愛亂罵蒼天，沒想到老天爺還是會對他大發慈悲。

「妳有聽我的節目嗎？」他脫口而出。

「嗯，謝謝你。」ANITA眼眶紅紅的，好像爲他哭過。她深呼吸之後，就無可奈何地說：「可惜，我已不是當年迷戀你的傻女孩。我眞的非常感動，但我很怕你對我的愛戀只是玩票性質。我不敢再冒險，我追求的，只是一段安穩太平的愛情。」

這時候，ANITA的未婚夫也來了。他瞪著眼，開始握著拳頭，似乎只要阿聞再纏著她，他就會狠狠地痛揍對方一頓……他的肌肉比阿聞發達得多。

「阿聞……我要走了。過去的日子很快樂，謝謝。」她牽著阿聞的手說，隨即又回到未婚夫身邊。他指了指手錶，她就陪他將護照交給警衛檢查，前往出境關卡。

眼看兩人就快要消失在面前，阿聞苦不堪言。

他該感謝上天，因爲上天給他機會，重演六年前機場告別那一幕。

這次他有向她表達愛意的勇氣。

披著這層狼皮還有什麼意義？過去了的都過去了，有誰能預料未來的事？既然如此，何不說出掩藏的情感？看看對方的反應也好，讓一生的遺憾減少。

阿聞闖入出境關卡，連警衛也攔不住他。

不幸地，他來遲了一步，ANITA和她的未婚夫已經通過關口。

「等等！」阿聞衝過關口，哪怕會犯法也不管了，趕到ANITA面前。

ANITA嚇了一大跳，一雙眼卻骨碌碌地望著他。

「我以前沒有挽留妳，現在可以補償了。這是我給妳的結婚禮物。」阿聞笑著。他從外套的暗袋裡拿出小小的長形禮盒，遞到ANITA手心。

ANITA別過臉，轉身就走，與他的距離愈來愈遠。

「不可以爲他放棄的……他是狼，會咬我的……我已經下定了決心……」她在心裡嘀咕。

警衛和海關來了，他們好像對阿聞說了些話，但他充耳不聞。

他用最溫柔的眼神望著愛人的背影，大聲說：

「我是眞心喜歡妳的！不是因爲妳的美麗，也不是因爲妳的任何條件，是眞眞正正喜歡妳。儘管有天妳會老去，變得醜怪，皮膚像麻布般粗糙，身材像PIZZA般肥胖，我依然會對妳念念不忘。即使妳嫁了人、即使妳忘記我，我也會永遠地像現在這樣記著妳。」

阿聞終於說了，總算了結一樁心事。

她沒有回頭，沒有和他有任何目光上的交流。

聲音逐漸減弱，她依然頭也不回，抬腳踏上那條帶她離開的手扶梯。

沒有一點淚水離開眼皮，她成功做到了，沒有再爲他而哭。

YESTERDAY。過去。

飛機升空的那一刻開始，她都在回憶從前的樂事，當然也有不開心的記憶，但現在回顧這些往事，都令人感到欣悅。

雖然這幾年她得到很多愛情，她曾被疼惜亦被深愛過，但令她最懷念的，仍是出國前和阿聞共度的時光。當時的她沒有得到，而那種純粹付出的戀愛，卻爲她帶來一生都難以忘懷的幸福。

現在她找到很愛她的男人，她捨不得失去他的愛。

喜歡的是另一個，在身邊的又是另一個。

她竟然懷念以前那個天天做傻事的自己。

很懷念很懷念很懷念……

其實她撒了個謊。她一直都在網上收聽阿聞的節目，從未間斷，每次都存檔，好幾次還聽得哭出來。她明白阿聞的心意，但她對自己沒信心，覺得配不上他，已經移情別戀的她不配得到他的愛情。

白濛濛的雲霧，偌大的宇宙，機艙裡的氣溫很低，身邊的未婚夫正熟睡著。

她拿起阿聞最後的禮物，那是個小禮盒，是他的終身承諾。

絲帶掉到地上，盒蓋被掀開少許，她窺視盒裡的東西——難以置信！她打開蓋子而內心爲之動搖。

不會吧……

暖流像煙火般自機艙散開，以她顫抖的手心爲中心，不斷向四周擴散延展。

盒裡的棉墊上，放著一只晶瑩剔透的戒指。戒指有六個角，形狀就似螺絲帽，鑲著六顆閃亮的水晶——這是雪的結晶體的眞正形狀。

內環刻著「ANITA」的名字。

雪國有件稀世奇寶叫「冰結石」，用它打造的戒指含著永恆之意。

嘩！竟然是眞的！她感到難以置信。

故事中狼送給紅草莓的「冰結石」戒指，原來眞的存在人間，代表永恆的指環，祝福她得到一段永遠幸福的婚姻。

彷彿聽到從前的音樂，重拾過去的快樂，痴纏著阿聞的傻女孩出現，每天拎著一大包食材，闖入他家，打開瓦斯爐爲他作料理，想得到他的讚美，無奈沒一次做得好……

ANITA不禁哭了，她早該乾涸的淚水激流泉湧，早該屏棄掉的愛意再度綿延。

盒裡還有支粉紅色手機。

是她以前嚷著要阿聞送她的手機。

螢幕的背景圖是她當時和他在澳門的合照。

現在電話帳號已經逾期失效，但她翻看手機裡的收件匣，竟然看到六封由阿聞的舊手機號碼發出的簡訊。

看完後，深呼吸一口氣，她傻痴痴地笑著，慶幸阿聞原來如此在意她。

淚掉到手臂上，仍是暖暖的。

昏暗的燈光，時地人轉換到過去——

在後樓梯間，他横躺在灰色階梯上，持著手機輸入文字，看著六片楓葉，想念著已離去的愛人，將簡訊湊成一首詩，發送到那支沒有主人的粉紅色手機。

螢幕亮了亮，收到簡訊的手機透著紅暈，出現她和他的合照。照片中，她笑得好可愛，他不情願地跟她牽手，互相扣著對方的小指頭。

指頭與指頭相連，不要分開好嗎？

燦爛的過去，彩虹繪的圖像，愛的記憶。

那是首六年前早該送給她的詩：

〈還有什麼比妳對我更重要〉

假如有一萬年時間，假如妳是撒哈拉沙漠的沙，
我的骨頭便是仙人掌與沙地永恆相連的根。
假如有一千年時間，假如妳有掃把星的長尾巴，
我願意花整輩子追隨著星星遺下的光澤。
假如有一百年時間，假如妳擔心我會變卦，
我發誓：世上只有妳能解開我心鎖的密碼。
假如恰好十年時間，假如妳是做家事的笨蛋，
我可以夫兼妻職學煮飯學洗衣照顧妳一生。
假如只有一年時間，假如妳的愛情與葉脈同化，
楓葉在我唇邊會奏出等妳回來的羅曼蒂克。

最後一個月時間，最體貼的妳送我最後的牽掛，
卻不知道妳的存在已成爲我戒不掉的習慣。

假如妳眞的只剩下一天時間，
在玻璃天窗鑲滿金箔花的聖堂，
請妳爲我穿上純白色的婚紗。

陽光、水源、空氣、生命……
還有什麼比妳對我更重要？

21 假如時光可以倒流

凌晨三點，阿聞躺在機場大廳的座位上。

不能安坐於家裡，因爲房間太空虛，寂夜的思緒太亂。

阿聞靠著軟綿綿的椅背，在寧靜中閉上雙目。

孤獨感正倍增。

此情此景，似曾相識呢。

阿聞望著遠遠的空地，那裡曾有個穿著白襯衫、足球短褲和拖鞋的年輕人。

他抱著她，說過傷害她的話。

那時他傻得很，因爲內心的軟弱，所以沒有對她說出半句挽留的話。

「我以爲自己沒辦法給她幸福，所以我不敢面對自己的眞感情……」阿聞盯著裹著石膏的左手，感覺硬邦邦的，又摸摸頭上一圈圈繃帶。

當時他是故意忍受矮伯衷的折磨，倘若翻臉不認人，也可以反告他傷害罪，藉以威脅他銷毀那些照片。

他也曾有個很卑劣的想法：任由照片公開也好，如果這樣一鬧，ANITA的婚禮可能會取消，她或許就會回到他身邊……

但阿聞還是選擇了守護她。

他打算做她一輩子的護花使者。

到了最後，他也終於向她吐露心聲，讓她知道她自己曾經深深被愛。

總算，他在ANITA結婚前，給她一些過去無法得到的東西……

「再無遺憾了！」阿聞對著空曠的大廳大叫。

那一天，狼開始流浪。

沒有太大的行李，只帶了本護照，和三張多國通行的信用卡，在機場買了日用品，他就登上飛機。

狼的身分讓他不受束縛，風到哪兒，他就到哪兒。

在維也納聽音樂、在英國遊劇院、在法國看畫展、在西班牙觀賞鬥牛、在荷蘭寓目脫衣舞……他還到S國探望病榻上的母親。

旅途上，艷遇不少，有幾個外國美妞追著他不放。

但他仍然感到孤獨。

喜歡上一個人，就很難再喜歡另一個人。

阿聞額頭上的傷結痂了，雖然留下一條深色疤痕，但結果也痊癒了。外在的傷痕好了，內心的傷痕呢？

語音信箱裡滿是未回覆的訊息：

「喂喂，阿聞，總監不停找你，就快要殺人啦！就算不是總監，我也想找你，回覆我好嗎？」

「『番薯信』氾濫成災啦！你走了之後，收到的信塞滿了兩個紙箱，我幫你搬得很吃力……救命……」

「死人渾蛋王宇聞，求求你告訴我呀！你到底去了哪個鬼地方？」

阿聞算準了時間，打了通長途電話給張倩儀，成功轉接到她的語音信箱，就留個言，拜託她先墊支，幫他繳付家裡堆積如山的帳單……

最後，他來到E國的國際機場。

雜誌上的星座專欄有說，他當天會遇到意料之外的人，不知道會不會應驗呢？

他推著手推車，車上只擱著旅行背包。

踱著踱著——

長長的自動手扶梯是牛郎和織女的星河橋。

在這個跨世紀的水晶大堂，他與她的倒影在玻璃中相逢。就在這趟流浪的終點站，他遇見一個最令他念念不忘的人……

時光倒流了——

「狼和紅草莓」的最後結局：

……

天空下著雪，森林在冬眠，原野失去了樂韻。

狼，蹣跚而孤獨，炭窯般的天色令他迷路。

踏著踉蹌的步履，死神來臨了嗎？

善良的死神沒有離棄他，引領他走到夢的花園。花園裡有種奇異花果，果糖可以融入空氣，氣流中的花香就是養分。

狼吸得飽飽的，靜憩的時候，聽到愛人的呼喚。

是紅草莓！

她穿著殘破的裙子，捨棄富貴的房屋，戴著作為信物的戒指。

時間會變，人物地點會轉，縱使回到從前，「冰結石」代表「永恆」的意義不變，戒指擁有永恆的力量，令兩情相悅的眞愛超越詛咒，讓她和他在夢幻的仙境重遇，喚醒狼的靈魂。

冰冷的狼皮底下，藏著世上最深情的愛……

「握著我的手，一生也不要分開。」

晨霧，幻象似地穿透他的身體，在她溫煦的懷裡，幻化成眾多幸福的雪花，環繞著她盤旋，不斷地閃亮，漸漸融為一體。

契約會發黃、容顏會蒼老、感情會破舊……

在過去、現在和將來的時空，唯一不變的是承諾。

狼死了——

……

白茫茫的燈光灑落成雪花，倒影在玻璃牆上凝結成水晶，成雙成對的喜鵲從天而降。

在這裡，愛人的呼喚穿越了時空。

在夢境般的玻璃裡，十六歲時的她和年輕時的他重遇。

也許，她爸爸把一切真相和盤托出。

也許，就在結婚那一刻，神父問她是否願意嫁給他，她不在乎哄堂的笑聲，猛搖著頭說：

「NO！」

也許，是張倩儀將他的行程告訴她，透過電話號碼查到他所在的國家，然後她獨自來到這裡，在這個國際機場等了他幾天幾夜。

也許，是上天憐憫他，目睹他失去太多，終於給他一點補償。

也許……

林林總總的假設在他腦海裡出現。

縱使可能只是泡影似的幻象，他也要對她說：

「妳太傻了，我是不會和妳結婚的。」

他就是要看到她微微失望的神情。

然後，他就會說下去：

「我不會和妳結婚，但我會爲妳戴上結婚戒指，會爲妳披上最漂亮的婚紗，更重要的是，我會答應一輩子和妳在一起。我只能給妳承諾，不能給妳結婚證書……這樣的話，妳願意嫁給我嗎？」

和煦的陽光灑落在她盈滿淚珠的眼眶上。

然後，幸福的戒指套上了她的無名指。

泡影消失了……

黑褲、黑鞋、黑西裝。

阿聞很少會作如此嚴肅的打扮。

二十年，終於等到了這一天。

在約定的地方停車。不久，有個手拎公事包的白髮長者出現。阿聞打開車門，向對方行禮。

此人就是陳律師。

睽違多年，陳律師再見故人之子，便摟住他的肩膀說：

「我替你爸爸守著這個保險箱，也守了二十年啦……二十年的光陰，一眨眼就過去啦，你也成爲很成功的人物。我女兒一直愁著找不到如意郎君，知道我認識你，馬上叫我介紹。哈哈。」

阿聞的父親臨終前，私下委託朋友陳律師保管銀行保險箱的鑰匙，並求他許諾，要在兒子滿三十歲時，才交出保險箱的鑰匙，來讓他接管裡面的東西。

——到底爸爸給我留下什麼？

阿聞跟著陳律師，來到銀行內部，通過了保全關卡，心跳也突然急劇加快。在保險箱儲藏室裡，就像某種隆重的儀式，阿聞雙手接過陳律師給他的鑰匙。

他一直在寂寞裡等候，就是爲了這個和亡父之間的約定。

即使是陳律師，也不知道保險箱裡有什麼東西。

拉開保險箱的抽屜。

引頸翹望的一刻到了。

抽屜裡的東西竟是個禮盒。

阿聞暗暗納罕，小心翼翼取出禮盒，掀開來看，盒裡放著的也不是什麼貴重的東西，乍看是一件有蕾絲的緞面衣裳——竟是婚紗！

忽然間，阿聞心頭一震，父母的結婚相簿他看過，這就是媽媽當年在婚禮上穿的婚紗……

保險箱深處，還有一個公文袋。

懷著極大的好奇心，阿聞立刻打開公文袋。看了看，似乎是法律文件，再看一看，便知道是份遺囑。

遺囑？葫蘆裡賣的是什麼藥呢？

這份遺囑和之前的那一份不一樣，一開始就揭明：

「茲鄭重聲明，將本人以前所有訂立之遺囑、修訂附件及同性質的產權處置盡行作廢，並立此囑書爲本人最後之遺囑。」

再讀下去：

本人無條件將名下所有財產，包括所有不動產，一半贈與兒子王宇聞，一半贈與配偶XXX。

阿聞「哦」的一聲，忍不住驚呼出來。

訂立遺囑的日期是在舊遺囑之後。

根據遺產法，日期是確定遺囑效力的重要因素，只要死者另簽新遺囑，舊遺囑即時作廢。

換句話說，這才是父親眞正的遺囑。

新的遺囑上，沒有任何禁止繼承人結婚的條款。

兩份遺囑都在阿聞手上，他有選擇的權利。

阿聞很快就猜到是怎麼一回事，父親用心良苦，就是要由他這兒子來親自判斷，要不要將新的遺囑公諸於世……

不過，這一切只是純粹猜測……

很快，他又發現公文袋裡還有張信紙。

他取出那張信紙，認出爸的字跡，雙手竟無法自制地顫抖起來。

爸的遺物，竟是一封情眞意摯的遺書：

阿聞：

當你看到這封信，相信你已是個三十而立的大男人了吧？有沒有眞心喜歡的人？有沒有動過結婚的念頭？

爸要你忍耐到三十歲，可能令你飽受折磨，很對不起。

我相信，等待可以讓你看清楚誰是你的眞愛。

當人生接近盡頭的時候，我始終無法放下對你媽媽的愛。

可能只是我嫉妒的想法，要是那男人只是爲了錢而接近她，這樣的關係一定不能長久，我願意用死亡來告訴她這個眞相。

如果，二十年後，她的愛人並不是爲了錢和她一起，我希望用我的所有來祝福她的人生。

阿聞，爸請你做公證人。

如果你不原諒媽媽，就撕毀這份遺囑吧，這樣你仍是我遺產的唯一繼承人，條件就是一輩子不可結婚。

你會接受這份新遺囑，就表示你承認了婚姻的意義。

爸是個失敗者，但無論如何，我都要告訴你，婚姻縱然可能千瘡百孔，但婚姻始終是世上最美好的事，是它讓兩個人雙棲雙宿，建立美滿的家庭，共同擁有愛情的結晶……

有她作爲與我共枕的人，默默看著她的睡相，曾經是我人生中最快樂的時光。

有你作爲我的兒子，也是我最大的驕傲。

爸爸願她和你永遠得到幸福。

阿聞是個堅強的人，很少哭，也從來沒有哭得這麼厲害。

二十年的心結解開了，他從沒想過世上竟有如此深摯的愛情。

回憶中的爸爸仍是老模樣，仍是阿聞內心最尊敬的人，在不苟言笑的面孔背後，往往藏著不為人知的深情。

他不僅是個好爸爸，也是個深愛妻子的好丈夫。

尾聲

最後我要說的是，愛情並不是爲了和誰快樂地生活，而是沒有她我就活不下去……

阿聞掖了掖衣襟，向前走進醫院。

思念如密密麻麻的雪花般飄落。

他脫掉皮手套，打開手上的大紙袋，盯了紙袋裡的禮盒一眼。看到這件遺物，不得不想到爸爸臨終前寫在遺書上的字句。

來到醫院大廳，暖氣融化了身上的冰雪，在薄毯上踹了幾下，由鞋底甩落的雪轉瞬間變成了灘濁水。

在他二十九歲的時候，母親已醒來了。她在一年內竟又染上不治之症，再度住院。臨終前，她表示很想回故鄉，但她的體質已無法再承受長途飛行，她說，這是上天給她的懲罰。

病房裡。

時間侵蝕了她美麗的容顏，歲月在臉上添加了蒼老的皺紋，在玻璃窗的倒影上，白髮在月夜的籠罩裡通通變成雪花。

一走進病房，就看到母親正看著的照片。

那是一家三口的全家福。

阿聞笑了。

「追求平凡的人，也會有平凡人的幸福吧？」

他的媽媽形色憔悴，雙頰紫紅，孱弱的身軀正飽受病魔折磨。她倚著床頭，目不轉睛地盯著阿聞，說著夢囈般的話語，後來漸漸緘默，十句對話中有九句是出自阿聞之口。

「媽，妳的廚藝很差，但，我就是不知怎地，很懷念妳那些難吃的菜。」

窗邊，世界已被白茫茫的大雪吞噬。

「媽，我記得妳說過，在苦短的時光裡，我們很難發現自己想追求的東西……媽，妳後悔嗎？」

媽媽乾涸的雙眼裡沒有半點淚光。

「我連後悔的勇氣也沒有了。」

阿聞長長呼出一口氣。

「爸爸的遺產差不多有一半用在妳身上……我也總算完成對爸的遺命了。命運眞會惡作劇啊。」

提到亡夫，母親黯然地低下頭。

「當時，爸是因爲不想與妳離婚，所以才了結自己的生命吧？即使到了最後的時刻，他還是想保住回憶中的妳，至少在墓碑上，鏤著的是『先夫之靈』這樣的碑文，立碑人還是用妳的名字吧？」

阿聞將床尾的小桌子拉過來，放上那個千里迢迢帶來的禮盒，盒中是那件經歷時間的洗禮而彌新的婚紗。

「我終於打開了爸爸的保險箱。妳猜裡面是什麼？竟是封來自二十年前的情書——本來是遺書，但我覺得更像是封情書。我忽然想起很多小時候的事，爸是個木頭，不懂得討妳的歡心，但每當他說起妳，總是一臉幸福的表情……直到他逝世的一刻，想著的人仍是妳吧？」

阿聞讓她掐住信紙，然後朗讀信的內容。

眼見媽媽在病榻上雙目無神，似是陷入迷思，柔弱無力的指尖在信紙上摸索，摸索著那些傷痕累累的字跡。

這是最後寫在信末的話：

阿聞，請再幫爸爸守著一個祕密。

請代替我，將這套婚紗交到媽媽手中。

如果到了這個時候，你覺得媽媽沒有忘記爸爸，她又承認對我還有那麼一點剩餘的愛。那時候，請幫我向她傳達一句話：

在我最美麗的過去，慶幸當中有妳。

……

連續三天，阿聞都留在醫院陪伴媽媽走完最後一程。

睡眠不足，整段記憶都是模糊的，醫療器具丁鈴當啷，只有對聲音的感覺特別敏銳。偶爾被不明的電話鈴聲吵醒，才驀然驚覺時間已被抹去一部分，期間有很多事情都不記得了。

他只記得，在她心跳停頓的時候，她整張臉都是淚痕。

阿聞又搭上飛機，回到地球另一端。

無論外面的世界有多冷，他都擁有溫暖的家……

家裡有個幸福的女人在等他，當他打開大門，她一回頭，兩人就會緊緊相擁。

只要擁有一顆紅草莓的心，我們就一定可以得到眞愛。
直至其中一方的人生結束，愛情每天都在考驗之中。
愛情只有死亡而沒有結局。
它的上演時間是一輩子。
在閉上眼睛的一刻，我都不會忘記，在我最美麗的過去，慶幸當中有妳……

《披上狼皮的羊咩咩》完

後記

最近有人向我轉告，很多不是我讀者的人都很佩服我，原因是……他們覺得我的小說總是取此很爛的怪書名，居然可以大賣，這等不可思議之事，足以讓我的愛情小說列於玄幻小說類別的架上。

「羊咩咩」是香港人的叫法。台灣人說，香港女生撒嬌要到清境農場看綿羊，就會半求半逼向男友說：「咩……帶我去清境看羊咩咩嘛！」長得像羊的女生，都會發出「咩」的叫聲，此為「羊咩咩」三字的由來。

從小到大，我都是含羞草型的男生，一碰到女生的手，都會自動自覺縮回（只有美女例外）……雖然我清楚這世界充滿了謊言，如果有人稱呼我一聲帥哥，我也會樂上半天……

如此純情的我，就在臉皮尚嫩的年頭寫下不少愛情作品。曾有研究過我的怪咖讀者跟我說，我最擅長「寫情」，這也許和我出身是愛情小說作家有點關係吧？最近在台灣參加廟會，看見台語歌手當眾派發自己的簽名照，我覺得這招很管用，如果我將來有機會和台灣讀友見面，希望想搶照片的人不會擠破整個會場的玻璃窗……

初相識的朋友知道我是作家，問我寫過甚麼作品，我是死也不會吐出「披上羊皮的羊咩咩」這個書名的……但「術數師」三字太難唸……於是我總是哄人家說，自己寫的是「玄幻武俠愛情勵志的跨平台小說」，嚇得對方一愣一愣的，就不再追問下去。

話說回來，「披上羊皮」曾是我最遺憾的作品。二〇〇二年出版的時候，只是部很庸俗的愛情小說。當我在二〇〇八年重修，注入了時空交錯的元素，整本書才有了更深的意義。

對年輕人來說，「婚姻」是很沉重的題目吧？應該無人十六歲就在想結婚的事吧？但我可以坦白告訴各位，當我十六歲的時候，我最大的夢想就是結婚，曾立志要當穿著白色禮服的新郎……可惜世事未如人願，我當不成新郎，卻當了個作家，這簡直是上帝對我最大的惡作劇。

在我眼中，當個好老公，又或者當個好老婆，比當個作家更難呢。

很多人都對遙不可及的未來懷著幸福的憧憬。而愛情這東西，就像慢慢變壞然後腐爛的紅草莓，那些曾經溫暖而美好的回憶，竟會變成畢生難以忘懷的痛苦根源。

依我所見，現實的婚姻大多是不美滿的。

不如意的婚姻，就像顯形墨水，將愛情千瘡百孔的一面暴露眼前。

結婚證書只是張紙。

眞正重要的是它背後的承諾。

不論是好是壞，不論病老貧困，不論歲月荏苒，對你的愛都會不變，永遠守護著你——直到死亡。

也許當我們長大，就要接受人會改變這個殘酷的現實。隨著歲月的更迭，我們愈來愈不相信純樸的愛情，被傷害和背叛過之後，甚至鄙視昔日那個爲愛瘋癲、爲情犯傻的笨自己。

我相信，只有像傻孩子一樣談戀愛，愛情才會恆久美好。

有這樣的信念，就會得到幸福。

這是最簡單的道理，偏偏也是最難做到的。

每當我們走在街頭，偶然看著攜手扶持的老夫老妻，內心都會泛起一股穿越滄桑的感動，仰起頭來，再度滿懷信心，相信這世界仍然有白頭到老的愛情。

天航

二〇一一年末

台北・內湖

國家圖書館出版品預行編目資料

披上狼皮的羊咩咩／天航 著. ——初版.
——台北市：蓋亞文化，2012.01-
面；公分. ——（阿米巴系列；4）
ISBN 978-986-6157-74-5

857.7 100026146

悅讀館 RE230

披上狼皮的羊咩咩

作者／天航（KIM）
插畫／kim minji
封面設計／克里斯
企劃編輯／魔豆工作室
電子信箱◎ thebeans@ms45.hinet.net
出版社／蓋亞文化有限公司
地址◎台北市103赤峰街41巷7號1樓
電話◎（02）25585438 傳真◎（02）25585439
網址◎ www.gaeabooks.com.tw
電子信箱◎ gaea@gaeabooks.com.tw
部落格◎ gaeabooks.pixnet.net/blog
投稿信箱◎ editor@gaeabooks.com.tw
郵撥帳號◎ 19769541 戶名：蓋亞文化有限公司
法律顧問／律儀聯合律師事務所
總經銷／聯合發行股份有限公司
地址◎新北市新店區寶橋路235巷6弄6號2樓
電話◎（02）29178022 傳真◎（02）29156275
初版一刷／2012年01月
定價／新台幣 250 元
Printed in Taiwan

ISBN／978-986-6157-74-5

GAEA

Gaea